Juan Rulfo
Pedro Páramo

Roman

Aus dem Spanischen von
Mariana Frenk
Mit einer Nachbemerkung des Autors
und einem Nachwort von
Gabriel García Márquez

Suhrkamp

Die Originalausgabe erschien 1955
unter dem Titel *Pedro Páramo*
im Verlag Fondo de Cultura Económica, Mexiko.

Umschlagfoto:
Juan Rulfo. Nichts davon ist ein Traum (Ausschnitt).
© Heirs of Juan Rulfo, 2003

suhrkamp taschenbuch 3553
Erste Auflage 2003
© 1958 Carl Hanser Verlag München Wien
Lizenzausgabe mit freundlicher Genehmigung
des Carl Hanser Verlags München Wien
© für das Nachwort: Gabriel García Márquez, 1980
Suhrkamp Taschenbuch Verlag
Alle Rechte vorbehalten durch den Suhrkamp Verlag
Frankfurt am Main, insbesondere das
des öffentlichen Vortrags sowie der Übertragung
durch Rundfunk und Fernsehen, auch einzelner Teile.
Kein Teil des Werkes darf in irgendeiner Form
(durch Fotografie, Mikrofilm oder andere Verfahren)
ohne schriftliche Genehmigung des Verlages reproduziert
oder unter Verwendung elektronischer Systeme
verarbeitet, vervielfältigt oder verbreitet werden.
Druck: Nomos Verlagsgesellschaft, Baden-Baden
Printed in Germany
Umschlag nach Entwürfen von
Willy Fleckhaus und Rolf Staudt
ISBN 3-518-45553-2

1 2 3 4 5 6 – 08 07 06 05 04 03

Pedro Páramo

Ich kam nach Comala, weil man mir gesagt hatte, daß mein Vater hier lebe, ein gewisser Pedro Páramo. Meine Mutter hatte es mir gesagt. Und ich hatte ihr versprochen, ihn aufzusuchen, sobald sie tot wäre. Ich drückte ihr die Hände, zum Zeichen, daß ich es gewiß tun würde. Sie lag im Sterben, und es gab nichts, was ich ihr nicht versprochen hätte. »Daß du auch ja zu ihm gehst«, bat sie. »Er heißt so und so. Ich bin sicher, er freut sich, wenn er dich kennenlernt.« Da konnte ich nicht anders als immer wieder sagen, daß ich es tun wollte, und ich sagte es auch nachher noch, als meine Hände schon Mühe hatten, sich aus ihren toten Händen zu lösen.
Vorher hatte sie gesagt: »Laß dir nicht einfallen, ihn um etwas zu bitten! Verlange das, was uns zukommt, was er verpflichtet war, mir zu geben und mir nie gegeben hat! Laß es ihn teuer zu stehen kommen, mein Sohn, daß er uns so im Stich gelassen hat!«
»Ja, Mutter, ich will es tun.«
Ich hatte nicht die Absicht, mein Versprechen zu halten. Aber bald schon erfüllten mich Träume, und meine Phantasie begann zu arbeiten. Nach und nach erstand in mir eine ganze Welt um die Hoffnung herum, die Pedro Páramo hieß, um den Mann meiner Mutter. Deshalb ging ich nach Comala.
Es war die Zeit der Hundstage, in denen der Augustwind bläst, heiß und giftig von dem fauligen Geruch des Seifenkrautes.
Der Weg führte bergan und bergab. »*Er steigt oder fällt, je nachdem ob man kommt oder wieder geht. Für den, der wieder geht, steigt er, für den, der kommt, fällt er.*«
»Wie sagten Sie, daß das Dorf da unten heißt?«
»Comala.«
»Sind Sie sicher, daß das schon Comala ist?«

»Ganz sicher.«
»Aber weshalb sieht es so trübselig aus?«
»Herr, die Zeiten sind schlecht.«
Ich versuchte in das, was ich da vor mir sah, die Erinnerungen meiner Mutter hineinzusehen, ihr Heimweh, ihr halb unterdrücktes Seufzen. Sie sehnte sich ja immer nach Comala, nach der Heimkehr. Aber sie ist nie wieder hierher zurückgekommen. Jetzt bin ich da an ihrer Statt. Ich bringe die Augen mit, die das hier betrachtet haben, sie hat mir ihre Augen zum Sehen mitgegeben. *»Wenn man über den Paß Los Colimotes hinweg ist, liegt eine wunderschöne Ebene vor einem, ganz grün, und auch etwas gelb vom reifen Mais. Von dieser Stelle aus sieht man Comala, wie es weiß auf der Erde liegt und sie nachts mit seinem Schimmer erhellt.«* Ihre Stimme war geheimnisvoll und fast erloschen, als spräche sie mit sich selbst. Meine Mutter.
»Was wollen Sie in Comala, wenn man fragen darf?«
»Ich will meinen Vater besuchen«, antwortete ich.
»Aha«, sagte er.
Dann waren wir wieder still.
In den Ohren den stolpernden Trab der Esel, die Augen schwer von Müdigkeit, wanderten wir in der brütenden Augusthitze bergab.
»Das wird aber einen Empfang geben«, hörte ich wieder die Stimme des Mannes, der neben mir ging. »Der wird sich freuen, daß er endlich mal wieder jemanden sieht, nach all den vielen Jahren, in denen niemand mehr gekommen ist.«
Dann fügte er hinzu: »Wer Sie auch sein mögen, er wird sich schon mit Ihnen freuen.«
Im grellen Glanz der Sonne glich die Ebene einem durchsichtigen See. Sie war in Dunstschwaden aufgelöst, durch die hindurch ein grauer Horizont schimmerte. In einiger Entfernung sah man die Linien einer Bergkette, und hinter den Bergen die weite Ferne.
»Und wie sieht Ihr Vater aus, wenn man fragen darf?«

»Ich kenne ihn nicht«, sagte ich. »Ich weiß nur, daß er Pedro Páramo heißt.«
»Aha, so so.«
»Ja, so heißt er, hat man mir gesagt.«
Und wieder hörte ich das »Aha.«
Ich hatte ihn in Los Encuentros getroffen, an einer Stelle, wo mehrere Wege sich kreuzen. Ich stand dort und wartete, und schließlich kam dieser Eseltreiber.
»Wohin gehen Sie?« fragte ich.
»Ich gehe da hinunter.«
»Kennen Sie einen Ort, der Comala heißt?«
»Eben dahin gehe ich ja.«
Ich folgte ihm und versuchte, ihn einzuholen, bis er wohl merkte, daß ich ihm folgte, und seinen eiligen Schritt verlangsamte. Dann gingen wir so dicht nebeneinander, daß unsere Schultern sich fast berührten.
»Ich bin auch ein Sohn von Pedro Páramo«, sagte er.
Ein Schwarm Raben flog quer über den leeren Himmel, man hörte ihr Kra-Kra.
Wir waren über die Hügel hinweg, und nun ging es immer weiter abwärts. Den heißen Wind hatten wir oben gelassen, und jetzt sanken wir tief ein in die Hitze, eine Hitze, in der es keinen Wind mehr gab. Es war, als ob alle Dinge auf etwas warteten.
»Es ist heiß hier«, sagte ich.
»Ja, und dabei ist das noch gar nichts. Warten Sie nur ab! Sie werden was erleben, wenn wir erst in Comala sind. Da ist es wie auf glühenden Kohlen, wie im Höllenschlund. Wenn ich Ihnen sage, daß die Leute dort, wenn sie sterben, aus der Hölle wieder zurückkommen, um sich eine Decke zu holen!«
»Kennen Sie Pedro Páramo?«, fragte ich.
Ich faßte mir Mut, ihn das zu fragen, weil ich in seinen Augen ein wenig Zutrauen zu mir sah.
»Wer ist er?« fragte ich wieder.

»Gift und Galle«, antwortete er.
Und er schlug mit der Strohpeitsche auf die Esel ein, ganz unnötigerweise, denn die Tiere, in Gang geraten, da es abwärts ging, waren uns ein gutes Stück voraus.
Durch die Tasche meines Hemdes hindurch fühlte ich das Bild meiner Mutter warm auf meinem Herzen, als schwitze auch sie. Es war ein altes Bild von ihr, am Rand schon ganz eingerissen. Aber es war das einzige, das ich je von ihr gesehen habe. Ich fand es einmal im Küchenschrank in einer Tonschüssel mit Kräutern: Melissenblättern, getrockneten Rosen, Rautenzweigen. Ich behielt es. Es war das einzige. Meine Mutter haßte es, sich photographieren zu lassen. Sie sagte immer: »Bilder sind Zauberkram.« Und so schien es auch. Denn ihres war voll von kleinen Löchern, wie von einer Nadel, und da, wo ihr Herz sein mußte, da war ein ganz großes Loch, durch das man den Finger stecken konnte.
Es ist dasselbe Bild, das ich hier bei mir trage, ich hatte gedacht, es könnte mir vielleicht bei meinem Vater nützlich sein, mir dazu verhelfen, daß er mich als seinen Sohn anerkenne.
»Sehen Sie mal«, sagte der Eseltreiber und blieb stehen. »Sehen Sie diese Anhöhe, die so aussieht wie eine Schweinsblase? Gleich dahinter ist das Gut Medialuna. Jetzt drehen Sie sich mal um! Sehen Sie den Kamm von dem Hügel da? Sehen Sie sich ihn gut an! Und jetzt drehen Sie sich mal nach dieser Richtung! Können Sie diesen anderen Kamm sehen, den man schon fast nicht mehr erkennen kann, so weit ist er weg? Schön, da haben Sie die Medialuna von einem Ende bis zum andern. Mit einem Wort: alles Land, das Sie von hier aus sehen. Und dieses ganze große Stück Erde gehört ihm! Jawohl, wir sind zwar die Söhne von Pedro Páramo, aber unsere Mütter haben uns elend genug auf einer dreckigen Matte in die Welt befördert. Und das Komischste an der Sache ist, daß er uns selbst aus der Taufe gehoben hat. Bei Ihnen ist es wohl auch so gewesen, was?«
»Ich kann mich nicht erinnern.«

»Hol ihn der Teufel!«
»Was sagen Sie?«
»Daß wir schon gleich da sind.«
»Ja ich seh es schon. Aber was ist denn das?«
»Ein Wegläufer, Herr. So heißen diese Vögel hier.«
»Nein, ich meine, was denn mit diesem Dorf hier los ist. Es sieht so einsam aus, wie ein verlassenes Dorf, so als ob dort niemand mehr wohnte.«
»Das sieht nicht nur so aus, das ist so. Hier wohnt niemand.«
»Und Pedro Páramo?«
»Pedro Páramo ist seit vielen Jahren tot.«

Es war um die Stunde, da in allen Dörfern die Kinder auf der Straße spielen und den sinkenden Abend mit ihrem Gelärme erfüllen, die Stunde, da das gelbe Licht der Sonne noch von den schwarzen Mauern zurückstrahlt.
Wenigstens hatte ich das noch am Nachmittag vorher um dieselbe Stunde in Sayula erlebt. Dort hatte ich auch die Tauben gesehen, wie sie mit ihrem Flug die stille Luft zerrissen und ihre Flügel schüttelten, als streiften sie den Tag von sich ab. Sie flogen und fielen auf die Dächer, und der schon abendliche Himmel färbte sie blau, und ringsum flatterten die Stimmen der Kinder.
Nun war ich hier, in diesem Dorf ohne Laut. Ich hörte, wie meine Schritte auf die runden Pflastersteine fielen. Sie klangen hohl, und ihr Klang kam in dem Echo der Mauern zurück, die in der Abendsonne glänzten.
Zu dieser Stunde ging ich über die Hauptstraße. Ich sah die leeren Häuser, die zerbrochenen Türen, durch die das Unkraut wucherte. Wie hatte der Mann noch gesagt, daß dies Kraut hieß?
»Capitana heißt es, Herr. Ein Unkraut, das nur darauf wartet, daß die Leute fortziehen, und schon macht es sich in den Häusern breit. So werden Sie das dort vorfinden.«
Als ich eine Straßenmündung kreuzte, sah ich eine Frau. Sie

war in ein Umschlagetuch gehüllt und verschwand, als wäre sie nie gewesen. Meine Schritte setzten sich wieder in Bewegung, und wieder versuchten meine Augen, durch die löchrigen Türen in die Häuser hineinzusehen. Dann traf ich die Frau mit dem Tuch nochmals.
»Guten Abend«, sagte sie.
Ich folgte ihr mit dem Blick. Ich rief ihr zu:
»Wo wohnt hier Doña Carmen?«
Sie zeigte mit dem Finger: »Dort. Das Haus neben der Brücke.«
Ich stellte fest, daß ihre Stimme aus menschlichem Stoff gemacht war, daß Zähne in ihrem Mund waren und eine Zunge, die beim Sprechen auf und ab ging, und daß ihre Augen so aussahen wie die Augen aller Menschen auf der Erde.
Es war dunkel geworden.
Sie wünschte mir wieder Guten Abend. Und wenn es hier auch keine spielenden Kinder gab und keine Tauben und keine blauen Dächer, so fühlte ich doch, daß dieses Dorf lebte. Und wenn ich auch nichts als die Stille hörte, so war es eben, weil ich mich noch nicht an die Stille gewöhnt hatte, und vielleicht auch, weil mein Kopf erfüllt war von Geräuschen und Stimmen.
Ja, von Stimmen. Und hier, wo so wenig Luft war, hörte man sie besser, sie waren schwer und blieben in einem haften. Ich dachte an etwas, was meine Mutter mir einmal gesagt hatte: *»Dort wirst du mich besser hören. Dort werde ich dir näher sein. Dort wird die Stimme meiner Erinnerungen dir näher sein als die Stimme meines Todes, wenn nämlich der Tod überhaupt eine Stimme hat.«* Meine Mutter... Damals, als sie noch lebte.
Ich hätte ihr sagen mögen: »Du hast dich im Haus geirrt. Du hast mir nicht genau gesagt, wo es ist. Wenn man so geht und dann wieder so, das hast du gesagt. Da hast du mich hingeschickt. In ein verlassenes Dorf. Jemanden suchen, den es gar nicht gibt.«

Ich ging dem Geräusch des Flusses nach und kam zu dem Haus an der Brücke. Ich klopfte an, aber ins Leere hinein. Meine Hand fuhr in der Luft herum, als hätte der Wind die Tür geöffnet. Eine Frau stand da. Sie sagte:
»Treten Sie ein!« Und ich trat ein.
Ich blieb in Comala. Der Eseltreiber zog gleich weiter. Bevor er sich verabschiedete, sagte er noch:
»Ich muß weiter, bis dahin, sehen Sie, wo die Hügel aneinanderstoßen. Dort ist mein Haus. Wenn Sie mitgehen wollen, sind Sie willkommen. Natürlich, wenn Sie lieber hierbleiben mögen, müssen Sie dann selber sehen, wie Sie fertig werden. Schließlich ist es vielleicht gar nicht so dumm, sich dies Dorf hier einmal anzuschauen, am Ende finden Sie doch noch eine lebende Seele.«
Und ich blieb. Dazu war ich ja hergekommen.
»Wo kann ich hier Unterkunft finden?« schrie ich ihm nach.
»Gehen Sie zu Doña Carmen, falls sie nämlich noch lebt. Sagen Sie ihr, daß ich Sie geschickt habe.«
»Und wie heißen Sie?«
»Abundio«, antwortete er. Den Nachnamen konnte ich schon nicht mehr hören.

»Ich bin Carmen Dyada. Treten Sie ein!«
Es war, als hätte sie mich erwartet. Es wäre alles bereit für mich, sagte sie, während sie mich durch eine Reihe dunkler Räume führte, die anscheinend vollkommen leer waren. Als ich mich aber an die Dunkelheit gewöhnt hatte und an den dünnen Faden Licht, der uns folgte, sah ich zu beiden Seiten Schatten aufwachsen und fühlte, daß rechts und links alles mit Sachen vollgestellt war, die nur in der Mitte einen schmalen Gang freiließen.
»Was ist das hier?« fragte ich.
»Alter Kram«, sagte sie. »Alles ist hier voller Gerümpel. Die Leute, die weggezogen sind, haben sich mein Haus ausgesucht, um ihre Möbel einzustellen, und bis jetzt hat noch keiner sie

abgeholt. Aber das Zimmer, das ich für Sie bereit habe, liegt ganz hinten. Das ist immer aufgeräumt für den Fall, daß jemand kommen sollte. Sie sind also ihr Sohn?«
»Wessen Sohn?« fragte ich.
»Dolores' Sohn.«
»Das bin ich. Aber wieso wissen Sie das?«
»Sie hat mich benachrichtigt, daß Sie kommen. Gerade heute. Daß Sie heute kommen würden.«
»Wer? Meine Mutter?«
»Ja, Ihre Mutter.«
Ich wußte nicht, was das bedeuten sollte, aber sie ließ mir auch keine Zeit zum Nachdenken.
»Das ist Ihr Zimmer«, sagte sie.
Das Zimmer hatte nur eine Tür, eben die, durch welche wir hereingekommen waren. Sie zündete die Kerze an, und ich sah, daß es ganz leer war.
»Aber hier ist ja nichts, um sich hinzulegen.«
»Darum machen Sie sich keine Sorgen. Sie sind sicher müde vom Weg, und für die Müdigkeit ist der Schlaf die beste Matratze. Gleich morgen machen ich Ihnen Ihr Bett zurecht. Sie wissen, es ist nicht so leicht, im Nu alles herzurichten. Das muß man vorbereiten, und Ihre Mutter hat mir erst heute Bescheid gegeben.«
»Meine Mutter?« sagte ich. »Meine Mutter ist tot.«
»Deshalb also klang ihre Stimme so leise, als käme sie von sehr weit her. Jetzt begreife ich! Und wie lange ist es her, daß sie gestorben ist?«
»Sieben Tage schon.«
»Die Arme! Wie verlassen muß sie sich gefühlt haben! Wir hatten uns ja versprochen, zusammen zu sterben, zu zweit davonzugehen, um uns auf dieser Reise Mut zu machen, falls es nötig wäre, falls wir da irgendwelche Schwierigkeiten haben sollten. Wir waren ja sehr gute Freundinnen. Hat sie Ihnen nie von mir gesprochen?«
»Nein, niemals.«

»Merkwürdig! Wir waren damals natürlich noch ganz junge Dinger. Und sie war erst seit ganz kurzem verheiratet. Aber wir hatten uns sehr lieb. Deine Mutter war so hübsch, so, wie soll ich nur sagen, so zart, daß es Freude machte, sie liebzuhaben. Man mußte sie einfach liebhaben. Nun hat sie also einen Vorsprung vor mir. Aber du kannst ganz sicher sein, daß ich sie einhole. Nur ich allein weiß, wie weit es von hier aus zum Himmel ist. Aber ich weiß auch, wie man den Weg abkürzen kann. Das Wichtigste ist, daß man mit Gottes Hilfe dann stirbt, wenn man selber will, und nicht, wenn Er es bestimmt, oder, wenn man so sagen will, daß man Ihn zwingt, es schon vor der Zeit zu bestimmen. Sei nicht böse, daß ich Du zu dir sage, aber ich betrachte dich ja als meinen Sohn. Ja, wie oft habe ich gesagt: Dolores' Sohn hätte eigentlich mein Sohn werden sollen. Nachher erkläre ich dir, wieso. Nur eins will ich dir jetzt noch sagen: auf einem der Wege der Ewigkeit werde ich deine Mutter einholen.«
Ich dachte, die Frau ist verrückt. Dann dachte ich gar nichts mehr. Ich fühlte mich in einer fremden Welt und ließ mich treiben. Mein Körper wurde kraftlos, knickte zusammen, löste sich von allem, man hätte ihn nehmen und wie ein Stück Zeug zerknüllen können.
»Ich bin müde«, sagte ich.
»Komm, iß vorher noch etwas, irgendwas, eine Kleinigkeit!«
»Ja, ich komme. Ich komme gleich.«

Das Wasser, das von den Dachpfannen tropfte, höhlte ein Loch in den Sand des Hofes. Platsch, platsch und wieder platsch, klatschte es auf ein Lorbeerblatt, das, in einer Spalte zwischen den Ziegeln eingeklemmt, sich um sich selbst drehte und wieder zurückschnellte. Das Unwetter war vorbei. Ab und zu zerrte der Wind an den Zweigen des Granatapfelbaumes, wehte eine schwere Regenlast herunter und betupfte die Erde mit blinkenden Tropfen, die sofort ihren Glanz verloren. Die Hühner, zusammengeduckt, als schliefen sie, schüttel-

ten plötzlich ihre Federn, liefen auf den Hof hinaus, pickten eifrig und ergatterten Regenwürmer, die der Guß aus der Erde gelockt hatte. Als die Wolken sich verzogen, holte die Sonne Licht aus den Steinen, übergoß alles mit schillernden Farben, trank das Wasser aus der Erde, spielte mit dem Wind, schien die Blätter an, mit denen der Wind spielte.
»Was machst du da im Klosett, Pedro?«
»Nichts.«
»Wenn du noch lange da drinnen bleibst, wird eine Schlange kommen und dich beißen.«
»Ja, Mutter.«
›An dich, Susana, dachte ich. An die grünen Hügel. Wie wir in den Windmonaten Drachen steigen ließen. Unter uns hörten wir den bewegten Lärm des Dorfes, aber wir waren über ihm, hoch oben auf dem Hügel, und der Wind wollte uns den Bindfaden aus den Händen reißen. ›Hilf mir, Susana!‹ Und dann schmiegten sich weiche Hände an meine Hände. ›Wickel mehr Bindfaden ab!‹
Der Wind brachte uns zum Lachen, ließ unsre Blicke sich treffen, und der Bindfaden zwischen unsern Fingern lief hinter ihm her, bis er mit einem leisen Geräusch zerriß, als habe ein Vogelflügel ihn zerschnitten. Der Papiervogel dort oben schlug Purzelbäume im Fallen und schleifte seinen Schwanz aus Lumpen hinter sich her. Dann verlor er sich im Grünen.
Deine Lippen waren feucht, Susana, als hätte der Tau sie geküßt.«
»Ich habe dir gesagt, du sollst rauskommen, Junge.«
»Ja, Mutter, ich komm schon.«
›An dich dachte ich. Wie du da standest und mich mit deinen aquamarinfarbenen Augen ansahst.‹
Er hob den Blick und sah seine Mutter in der Tür stehen.
»Was bleibst du solange da drinnen? Was treibst du da?«
»Ich denke nach.«
»Und das kannst du nicht anderswo machen? Es ist schädlich, solange im Klosett zu bleiben. Außerdem könntest du

eigentlich etwas tun. Geh zu deiner Großmutter und hilf ihr, den Mais auszukörnen.«
»Ich geh schon, Mutter, ich geh ja schon.«

»Großmutter, ich komme, um dir beim Maisauskörnen zu helfen.«
»Damit sind wir fertig. Aber jetzt wollen wir Schokolade machen. Wo hast du denn gesteckt? Die ganze Zeit, als das Gewitter war, haben wir dich gesucht.«
»Ich war im andern Hof.«
»Und was hast du da gemacht? Hast wohl gebetet?«
»Nein, Großmutter, ich hab nur zugesehen, wie es regnete.«
Die Großmutter sah ihn mit ihren gelbgrauen Augen an, die erraten konnten, was in einem Menschen vorging.
»Also los, geh und mach die Mühle sauber.«
»Hunderte von Metern entfernt, über allen Wolken, weit, weit jenseits aller Dinge, da bist du verborgen, Susana. Verborgen in der Unendlichkeit Gottes, hinter seiner göttlichen Vorsehung, da, wo ich dich nicht erreichen und nicht sehen kann und wohin meine Worte nicht gelangen.«
»Großmutter, die Mühle ist nicht mehr zu brauchen, das Gewinde ist kaputt.«
»Da hat doch diese Micaela sicher wieder die ganzen Maiskolben drin gemahlen. Das kann man ihr nicht abgewöhnen. Na, das läßt sich nicht ändern.«
»Warum kaufen wir keine neue? Sie war doch sowieso schon so alt, daß sie zu nichts mehr taugte.«
»Du hast eigentlich recht. Wir haben jetzt freilich keinen roten Heller, nach all dem, was Großvaters Begräbnis gekostet hat. Und nun noch die Abgaben an die Kirche. Aber wir werden uns doch in die Unkosten stürzen und eine neue kaufen. Du könntest zu Doña Inés Villalpando gehen und sie bitten, uns das Geld bis Oktober zu stunden. Wir bezahlen es ihr in der Ernte.«
»Ja, Großmutter.«

»Und damit du bei der Gelegenheit gleich alles erledigst, sag ihr, sie soll uns ein Getreidesieb und eine Gartenschere leihen. Die Pflanzen sind so hoch, daß sie uns schon in den Hintern hineinwachsen. Ja, wenn ich noch mein großes Haus hätte mit all den großen Höfen, dann würde ich ja nicht jammern. Aber dein Großvater hat einen Fehler gemacht, als er damals hergezogen ist. Nun, es war Gottes Wille. Es geht ja nie so, wie man gern möchte. Sag Doña Inés, daß wir ihr in der Ernte alles bezahlen, was wir ihr schuldig sind.«
»Ja, Großmutter.«
Kolibris flogen umher. Es war ihre Zeit. Man hörte das Surren ihrer Flügel zwischen den Zweigen des Jasmins, der unter seinen Blüten zusammenbrach.
Er ging an dem Bord unter dem Herz-Jesus-Bild vorbei und fand dort vierundzwanzig Centavos. Er ließ die vier Centavos liegen und nahm das Zwanzig-Centavos-Stück.
Als er fortging, hielt die Mutter ihn zurück:
»Wohin gehst du?«
»Zu Doña Inés Villalpando, um eine neue Mühle zu kaufen. Unsere ist kaputt.«
»Sag ihr, sie soll dir einen Meter schwarzen Taft geben, so wie diesen hier.« Und sie gab ihm das Muster. »Sie soll es anschreiben.«
»Ja, Mutter.«
»Und kauf mir auf dem Rückweg ein paar Aspirin-Tabletten. In dem Blumentopf im Korridor ist Geld.«
Er fand dort einen Peso. Er ließ die zwanzig Centavos zurück und nahm den Peso.
»So, jetzt hab ich Geld übrig für irgendwas, worauf ich Lust habe.«
»Pedro!« rief es hinter ihm her. »Pedro!«
Aber das hörte er schon nicht mehr. Er war sehr weit weg.

Am Abend regnete es wieder. Lange Zeit horchte er auf das Prasseln des Regens. Dann schlief er wohl ein. Als er aufwachte, hörte er nur noch ein leises Nieseln. Die Fensterscheiben waren beschlagen, und draußen glitten die Tropfen, wie strömende Tränen, in dicken Schnüren an ihnen herab. »Ich sah die Tropfen rinnen, ich sah, wie sie in den Blitzen aufleuchteten, und jeder Atemzug war ein Seufzer, und jeder Gedanke ein Gedanke an dich, Susana.«

Aus dem Regen wurde Wind. Er hörte: »Und vergib uns unsere Schuld... die Wiederauferstehung des Fleisches und das ewige Leben. Amen.« Das war hier drinnen, wo ein paar Frauen den Rosenkranz zu Ende beteten. Sie standen auf, trugen die Vögel ins Haus, verriegelten die Tür und löschten das Licht.

Es blieb nur noch das Licht der Nacht und das leise Zischen des Regens, das wie Grillengezirpe klang.

»Warum bist du nicht gekommen und hast den Rosenkranz mit uns gebetet? Wir sind in der Novene für deinen Großvater.«

Dort auf der Türschwelle stand seine Mutter. Sie trug eine Kerze in der Hand. Ihr Schatten, lang auseinandergezogen, verfloß zur Decke hin. Die Balken der Decke gaben ihn in Stücken zurück. Zerstückelt.

»Ich bin traurig«, sagte sie.

Dann wandte sie sich um. Sie blies die Flamme aus, schloß die Tür und ließ ein Schluchzen aus sich heraus, das, mit dem Regen zu einem einzigen Geräusch geworden, noch lange Zeit zu hören war.

Die Kirchenuhr schlug die Stunden, eine nach der andern, eine nach der andern, als wäre die Zeit eingeschrumpft.

»Jawohl, um ein Haar wäre ich deine Mutter geworden. Hat sie dir nie davon erzählt?«

»Nein, sie hat mir nur Schönes erzählt. Von Ihnen habe ich durch den Eseltreiber gehört, der mich hergebracht hat. Ein gewisser Abundio.«

»Der brave Abundio! So hat er mich also noch nicht verges-

sen! Ich gab ihm immer ein Trinkgeld für jeden Fremden, den er mir zuschickte, und uns beiden ging es gut dabei. Jetzt haben die Zeiten sich leider geändert. Seit das Dorf so arm geworden ist, kommt niemand mehr her. Also er hat dich zu mir geschickt?«
»Er hat mir gesagt, daß ich zu Ihnen gehen soll.«
»Dafür muß ich ihm wirklich dankbar sein. Er war ein guter Kerl und ein sehr zuverlässiger Mensch. Er brachte uns immer die Post, auch später noch, als er taub geworden war. Ich erinnere mich noch an diesen gräßlichen Tag, an dem er das Unglück hatte. Wie haben wir uns aufgeregt! Wir mochten ihn doch alle gern. Er nahm unsere Briefe mit und brachte uns Briefe. Er erzählte uns, wie es da auf der andern Seite der Welt zuging, und sicher erzählte er denen dort, wie es bei uns zuging. Er redete sehr viel. Später nicht mehr. Da sprach er überhaupt nicht mehr. Er meinte, es hätte ja keinen Sinn, Dinge zu sagen, die er selber nicht höre, die ihm nach nichts klängen und nach nichts schmeckten. Die Sache kam so, daß ganz nahe an seinem Kopf eine von den großen Raketen zerplatzte, die wir hier abfeuern, um die Wasserschlangen zu verscheuchen. Damals verstummte er, aber er war nicht richtig stumm. Und ein guter Kerl blieb er doch.«
»Der, von dem ich gesprochen habe, hörte gut.«
»Dann ist er es nicht gewesen. Außerdem ist Abundio ja tot. Sicher ist er schon gestorben. Siehst du? Dann kann er es also nicht gewesen sein.«
»Ja, das meine ich auch.«
»Na schön. Um aber auf deine Mutter zurückzukommen, ich war gerade dabei, dir zu erzählen...«
Ich betrachtete die Frau mir gegenüber, ohne mir eines ihrer Worte entgehen zu lassen. Ich dachte bei mir, daß sie wohl harte Jahre hinter sich haben mochte. Ihr Gesicht sah durchsichtig aus, als wäre kein Blut darin und ihre Hände waren welk; welk und mit einem dichten Netz von Runzeln bedeckt. Von ihren Augen war nichts zu sehen. Sie trug ein weißes,

sehr altmodisches, mit Volants überladenes Kleid. Ein Bild Unserer Lieben Frau der immerwährenden Hilfe hing ihr an einer Schnur vom Hals herunter, und daran war ein Schild, auf dem »Zuflucht der Sünder« stand.

»Also dieser Mensch, von dem ich dir erzählen wollte, war Zureiter auf dem Gut Medialuna. Er nannte sich Inocencio Osorio. Aber wir kannten ihn alle nur unter seinem Spitznamen ›Grashüpfer‹, weil er so leicht war und so gut springen konnte. Mein Gevatter Pedro sagte immer, die Füllen zureiten, das könne er großartig, er sei wie geschaffen dafür. Dabei war er in Wirklichkeit etwas ganz anderes: er war ein ›Traummacher‹. Das war sein eigentlicher Beruf. Und deine Mutter fiel auf ihn herein, wie viele andere auch, zum Beispiel ich. Einmal, als ich krank war, kam er an und sagte: ›Ich werde dich mal beklopfen, damit du wieder gesund wirst.‹ Und was tat er? Er tatschte einen von oben bis unten ab. Mit den Fingerspitzen fing er an, dann rieb er einem die Hände, dann kamen die Arme dran, und plötzlich, ehe man sich's versah, machte er sich an den Beinen zu schaffen, und gleich drauf kriegte man dann Fieber. Und während er da an einem herumkrabbelte, sprach er von der Zukunft, die einem bevorstand. Er kam in Trance, verdrehte die Augen, betete und fluchte und spuckte einen an, wie die Zigeuner es machen. Manchmal zog er sich auch splitternackt aus. Das täte er, sagte er, um uns einen Wunsch zu erfüllen. Und vielleicht hatte er sogar manchmal recht damit. Er kitzelte an so vielen Stellen, eine mußte die richtige sein.

Also zu diesem Osorio ging deine Mutter, und er orakelte ihr, daß sie in dieser Nacht unter keinen Umständen mit einem Manne schlafen dürfe, weil der Mond wild wäre.

Dolores kam sehr verlegen zu mir und sagte, daß sie am Abend keinesfalls mit Pedro Páramo ins Bett gehen könne, es ginge einfach nicht. Es war ihre Brautnacht. Also ich redete auf sie ein, sie solle sich doch von Osorio, diesem abgefeimten Lügner, nichts weismachen lassen.

›Ich kann nicht‹, sagte sie. ›Geh du an meiner Stelle. Er wird es gar nicht merken.‹
Ich war natürlich viel jünger als sie. Und etwas weniger brünett war ich auch, aber im Dunkeln sieht man das ja gar nicht.
›Das ist unmöglich, Dolores, du mußt selber gehen.‹
›Tu mir diese Liebe! Ich vergelte es dir ein anderes Mal.‹
Damals war deine Mutter ein junges Ding mit sanften Augen. Wenn überhaupt irgend etwas an ihr hübsch war, so waren es ihre Augen. Die konnten einen auch überreden.
Und so ging ich denn.
Die Dunkelheit half mir und noch etwas anderes. Davon wußte sie aber nichts: ich war nämlich selber in Pedro Páramo verliebt.
Ich ging mit ihm ins Bett, ich tat es mit Wonne, ich war wild auf ihn. Ich klebte mich an seinen Körper. Aber nach dem Rummel den ganzen Tag über war er erledigt und tat die ganze Nacht nichts als schnarchen. Nur seine Beine steckte er zwischen meine.
Bevor es Tag wurde, stand ich auf und ging zu Dolores. Ich sagte:
›So, jetzt geh du zu ihm, jetzt ist schon ein neuer Tag.‹
›Was hat er mit dir gemacht?‹ fragte sie.
›Das weiß ich noch nicht‹, antwortete ich.
Das Jahr darauf wurdest du geboren, aber nicht von mir, obwohl es nur an einem Faden hing, und es wäre so gewesen.
Vielleicht hat sich deine Mutter geschämt, dir das zu erzählen.«

»... *Grüne Ebenen. Zusehen, wie der Horizont auf und nieder wogt, gewiegt von dem Wind, der die Ähren wiegt, zusehen, wie der Kräuselregen den Nachmittag wellt. Die Farbe der Erde, der Duft nach Gras und nach Brot. Ein Dorf, das nach frisch vergossenem Honig riecht...*«

»Sie hat Pedro Páramo immer gehaßt. ›Doloritas! Was ist mit meinem Frühstück?‹ Vor Sonnenaufgang schon stand sie

auf und machte Feuer. Die Katzen wachten von dem Geruch des Feuers auf. Und sie ging dahin und dorthin und die Schar Katzen hinter ihr her. ›Doña Doloritas!‹
Wie oft mag deine Mutter das gehört haben! ›Doña Doloritas, das ist kalt. Dies ist nicht zu essen.‹ Wieviele Male wohl? Und wenn sie sich auch daran gewöhnte, die Hölle auf Erden zu haben, so wurden ihre sanften Augen doch hart.«
»*Duft der Orangenblüten in lauer Luft, nichts schmecken als diesen Duft.*«
»Und dann begann sie zu seufzen.
›Warum seufzt du, Doloritas?‹
Ich war an diesem Nachmittag mit den beiden zusammen draußen auf den Feldern. Wir sahen zu, wie die Drosseln in Schwärmen vorbeiflogen. Hoch oben wiegte sich ein einsamer Geier.
›Wenn ich ein Vogel wäre und zu meiner Schwester fliegen könnte!‹
›Aber was heißt denn das? Jetzt sofort wirst du deine Schwester besuchen. Komm, wir gehen nach Haus. Man soll dir deine Koffer packen. Das wäre ja noch schöner!‹
Und deine Mutter ging.
›Auf Wiedersehen, Don Pedro!‹
›Lebe wohl, Doloritas.‹
Sie ging für immer von der Medialuna fort. Viele Monate später erkundigte ich mich bei Pedro Páramo nach ihr.
›Sie hat mehr an ihrer Schwester gehangen als an mir. Ich nehme an, daß sie sich dort wohl fühlt. Abgesehen davon ging sie mir schon recht auf die Nerven. Ich habe nicht die Absicht, irgendwelche Nachforschungen anzustellen, falls du etwa deswegen gefragt haben solltest.‹
›Aber wovon werden sie leben?‹
›Gott möge ihnen beistehen!‹«
»*... Laß es ihn teuer zu stehen kommen, mein Sohn, daß er uns so im Stich gelassen hat.*«
»Und so haben wir die ganze Zeit nichts mehr von ihr gehört,

bis sie mir jetzt Bescheid gesagt hat, daß du kommen würdest.«
»Was alles inzwischen geschehen ist!« sagte ich zu der Frau. »Wir wohnten in Colima bei Tante Gertrud, die uns immerfort vorwarf, daß wir ihr zur Last fielen. ›Warum gehst du nicht zu deinem Mann zurück?‹ sagte sie ein Mal über das andere zu meiner Mutter.
›Hat er mich etwa holen lassen? Ich gehe nicht wieder zu ihm, wenn er mich nicht auffordert, zurückzukommen. Ich bin hergekommen, um dich wiederzusehen und weil ich dich liebhabe. Darum bin ich hergekommen.‹
›Ja, ja, das verstehe ich ja. Aber nun wäre es doch allmählich Zeit, daß du wieder zurückgingest.‹
›Als ob das von mir abhinge!‹«
Ich hatte angenommen, daß die Frau mir zuhörte, aber plötzlich merkte ich, daß sie ihren Kopf zur Seite gewandt hielt, als horche sie auf ein fernes Geräusch. Dann sagte sie:
»Wann gehst du schlafen?«

»An dem Tag, da du fortgingst, wußte ich, daß ich dich nie wiedersehen würde. Von der Abendsonne, von dem blutrot gefärbten Himmel fiel ein roter Schein auf dich. Du lächeltest. Du ließest dies Dorf zurück, von dem du mir so oft gesagt hattest: ›Nur deinetwegen ist es mir lieb. Sonst hasse ich es, ich hasse es schon allein deshalb, weil ich hier geboren bin.‹ Ich dachte: Sie wird nie wieder zurückkommen. Und immer wieder sagte ich es zu mir: Susana wird nie wiederkommen, niemals wird sie wiederkommen.«
»Was machst du denn hier? Arbeitest du nicht?«
»Nein, Großmutter. Rogelio will, daß ich auf das Kind aufpasse, ich geh die ganze Zeit mit ihm spazieren. Es ist schwierig, sich gleichzeitig um beides zu kümmern, um das Kind und um den Telegraphenapparat. Er sitzt inzwischen im Billard-Lokal und trinkt Bier. Dabei kriege ich noch nicht mal was dafür bezahlt.«

»Du bist nicht dort, um Geld zu verdienen, sondern um zu lernen. Wenn du erst etwas kannst, dann magst du Ansprüche stellen. Vorläufig bist du nichts weiter als ein Lehrling. Morgen oder übermorgen bist du vielleicht schon Chef. Aber dafür muß man Geduld haben und vor allem bescheiden sein. Wenn man dir aufträgt, mit dem Kind spazieren zu gehen, so tu es in Gottes Namen. Du mußt dich mit den Dingen abfinden.«
»Das sollen andere tun, Großmutter. Ich bin nicht dazu gemacht, mich mit den Dingen abzufinden.«
»Du immer mit deinen Überspanntheiten! Ich sehe schwarz für deine Zukunft, Pedro Páramo!«

»Was ist denn los, Doña Carmen?«
Sie ruckte mit dem Kopf, als schräke sie aus dem Schlaf auf.
»Das ist Miguel Páramos Pferd, das zur Medialuna galoppiert...«
»Dann lebt also doch noch jemand auf der Medialuna?«
»Nein, dort lebt niemand mehr.«
»Aber wieso...?«
»Das ist ja nur das Pferd, das hin und her läuft. Die beiden sind unzertrennlich. Es läuft überall herum und sucht ihn, und um diese Zeit kommt es immer zurück. Vielleicht kann das arme Tier die Gewissensbisse nicht loswerden. Merkwürdig, nicht?, daß sogar Tiere es wissen, wenn sie ein Verbrechen begangen haben.«
»Ich verstehe nicht. Außerdem habe ich keinerlei Geräusch wie von einem Pferd gehört.«
»Wirklich nicht?«
»Nein.«
»Dann muß das mein sechster Sinn sein. Das ist eine Gabe, die Gott mir verliehen hat, aber vielleicht ist es auch ein Fluch. Nur ich allein weiß, wie sehr ich darunter gelitten habe.«
Sie war eine Weile still und fuhr dann fort:
»Das hat damals mit meinem Patenkind Miguel Páramo angefangen. Ich bin die einzige, die je erfahren hat, was ihm

eigentlich in jener Nacht, in der er starb, geschehen war. Ich lag schon im Bett, da hörte ich sein Pferd auf dem Weg zur Medialuna zurückkommen. Ich wunderte mich, denn er kam niemals so früh nach Hause. Für gewöhnlich kam er erst gegen Morgen. Er ritt immer in ein Dorf, das Contla heißt, ziemlich weit von hier, wo er sich mit seiner Braut unterhielt. Er ritt früh fort und kam spät zurück. Aber in dieser Nacht kam er nicht wieder... Hörst du es jetzt? Man hört es ganz deutlich. Es kommt zurück.«
»Ich höre nichts.«
»Dann muß das an mir liegen. Schön, also ich sagte gerade... Übrigens, daß er in dieser Nacht nicht mehr zurückkam, das hab ich nur so gesagt. Das Pferd war noch kaum vorbei, da hörte ich, daß jemand ans Fenster klopfte. Da soll einer wissen, ob das vielleicht nur Einbildung war. Aber Tatsache ist, daß irgend etwas mich zwang, aufzustehen und nachzusehen, wer das wäre. Und da stand Miguel Páramo. Ich wunderte mich nicht weiter, ihn zu sehen, denn eine Zeitlang hatte er ja jede Nacht mit mir geschlafen. Das war, bevor er dieses Mädchen fand, das ihm den Kopf verdrehte.
›Was ist los‹, sagte ich zu Miguel Páramo. ›Hat sie dir einen Korb gegeben?‹
›Nein. Sie liebt mich immer noch‹, sagte er. ›Aber heute konnte ich sie nicht finden. Ich habe das Dorf verfehlt. Es war viel Nebel in der Luft oder Rauch, was weiß ich! Aber eines weiß ich, daß es Contla gar nicht gibt. Nach meiner Schätzung bin ich sogar darüber hinaus geritten und habe es nicht gefunden. Dir erzähl ich das, weil ich weiß, daß du mich verstehst. Wenn ich es den andern in Comala erzähle, sagen sie, daß ich verrückt bin, wie sie es immer schon gesagt haben.‹
›Nein, verrückt bist du nicht, Miguel. Aber wahrscheinlich bist du tot. Weißt du nicht mehr, daß man dir einmal gesagt hat, dieses Pferd würde dich eines Tages umbringen? Erinnere dich, Miguel Páramo! Aber vielleicht hast du auch irgendeine Dummheit gemacht, und das ist dann etwas anderes.‹

›Ich bin nur über die Steinmauer gesprungen, die mein Vater vor kurzem hat setzen lassen. Ich bin mit dem Colorado hinübergesprungen, um den langen Umweg zu vermeiden, den man jetzt machen muß, wenn man auf die Landstraße kommen will. Ich weiß, daß ich hinübersetzte und daß ich dann weiterritt, aber, wie ich dir schon gesagt habe, da war nichts als Rauch und Rauch und wieder Rauch.‹
›Morgen wird sich dein Vater vor Schmerz winden‹, sagte ich zu ihm. ›Es tut mir leid für ihn. Geh jetzt und ruhe in Frieden, Miguel. Ich dank dir, daß du noch hergekommen bist, um Abschied von mir zu nehmen.‹
Und ich schloß das Fenster.
Bevor der Morgen anbrach, kam ein Knecht der Medialuna und sagte:
›Der Herr, Don Pedro, läßt Sie um einen Gefallen bitten. Der junge Miguel ist gestorben und er möchte gern, daß Sie zu ihm kommen.‹
›Ich weiß es schon‹, sagte ich. ›Hat man dir aufgetragen, daß du weinen sollst?‹
›Ja, Don Fulgor hat gesagt, ich soll weinen, wenn ich es Ihnen sage.‹
›Gut, sag Don Pedro, daß ich hinkomme. Wie lange ist es her, daß man ihn nach Hause gebracht hat?‹
›Noch keine halbe Stunde. Sonst hätte man ihn vielleicht noch retten können. Allerdings sagt der Doktor, der ihn angefühlt hat, er wäre schon seit einiger Zeit kalt. Wir haben es gemerkt, weil der Colorado alleine zurückkam und so unruhig war, daß niemand schlafen konnte. Sie wissen ja, wie gern sie sich hatten, er und das Pferd, und ich glaube fast, daß das Tier trauriger ist als Don Pedro. Es hat nichts gefressen und nicht geschlafen und rast die ganze Zeit herum. Als ob es alles wüßte, verstehen Sie? Als ob es inwendig ganz kaputt und marod wäre.‹
›Vergiß nicht, die Tür zuzumachen, wenn du hinausgehst.‹
Und der Knecht der Medialuna ging. —«

»Hast du einmal das Wehklagen eines Toten gehört?« fragte sie mich.
»Nein, Doña Carmen.«
»Um so besser für dich!«

Die Tropfen fallen aus dem Filter, einer nach dem andern. Man hört, wie das klare Wasser sich vom Stein löst und in den Krug fällt. Man hört. Hört wirre Geräusche. Füße, die auf dem Boden schurren, die vorbeigehen, die kommen und gehen. Die Tropfen fallen, unaufhörlich. Der Krug läuft über. Das Wasser fließt auf einen nassen Boden.
»Wach auf!« sagt jemand.
Er kennt den Klang der Stimme. Versucht zu erraten, wer es sein mag. Dann gibt sein Körper nach, er schlummert ein, und der Schlaf liegt schwer auf ihm. Aber da sind Hände, die ziehen an den Decken, krallen sich fest. Darunter, im Warmen, versteckt sich sein Leib, will Ruhe haben.
Wieder sagt jemand: »Wach auf!«
Die Stimme rüttelt an den Schultern, macht, daß man sich aufrichtet, macht, daß man die Lider hebt. Man hört die Wassertropfen, die aus dem Filter auf den vollen Krug fallen. Man hört schleppende Schritte... Und das Weinen.
Da hörte er das Weinen. Das Weinen weckte ihn auf. Ein sanftes, dünnes Weinen. Vielleicht konnte es, gerade weil es so dünn war, durch das Traumgewirr des Schlafes dringen, vielleicht drang es gerade deshalb bis dorthin, wo der Schreck haust.
Er stand langsam auf und sah das Gesicht einer Frau, die am Türpfosten lehnte. Die Tür war noch voller Nacht. Die Frau schluchzte.
»Warum weinst du, Mutter?« fragte er. Denn als er die Füße auf den Boden setzte, erkannte er das Antlitz seiner Mutter.
»Dein Vater ist gestorben«, sagte sie.
Und dann, als ob ihr Leid gewaltsam losbräche, drehte sie sich plötzlich um sich selber, einmal und noch einmal, einmal

und noch einmal, bis ein paar Hände sich zu ihren Schultern
tasteten und ihren Aufruhr zur Ruhe brachten.
Durch die Tür sah man den Himmel, an dem es langsam Morgen wurde. Es waren keine Sterne zu sehen. Nur ein bleierner, grauer Himmel, den der Glanz der Sonne noch nicht berührte. Ein fahl-braunes Licht, nicht so, als käme nun bald der Morgen, sondern als würde es eben Nacht.
Draußen im Hof Schritte, als gingen Menschen im Kreis herum. Ein stummes Lärmen. Und hier auf der Schwelle stand diese Frau, und ihr Körper ließ es nicht Tag werden. Durch ihre Arme hindurch sah man Fetzen des Himmels, und unter ihren Füßen waren Pfützen von vergossenem Licht. Ein verstreutes Licht, als wäre der Boden unter ihr von Tränen überschwemmt.
Dann wieder das Schluchzen. Wieder das sanfte, durchdringende Weinen und das Leid, das ihren Körper krümmte.
»Man hat deinen Vater umgebracht.«
»Und wer hat dich umgebracht, Mutter?«

»Da ist Wind und Sonne, und da sind Wolken. Dort oben ist blauer Himmel, und dahinter sind vielleicht Lieder, vielleicht schönere Stimmen... Mit einem Wort: da ist Hoffnung. Da ist Hoffnung für uns, ob wir wollen oder nicht.
Aber nicht für dich, Miguel Páramo, der du in der Todsünde gestorben bist und keine Gnade finden wirst.«
Der Pfarrer wandte sich um und brach die Messe ab.
Er beeilte sich mit den Schlußzeremonien und ging hinaus, ohne den Leuten, die die Kirche füllten, den Segen zu erteilen.
»Hochwürden, wir möchten, daß Sie ihm den Segen erteilen.«
»Nein«, sagte er, »ich tue es nicht. Er war ein schlechter Mensch und wird nicht in den Himmel kommen. Gott würde mir zürnen, wenn ich für ihn betete.«
Und während er sprach, versuchte er, seine Hände steif zu halten, damit man nicht sähe, wie sie zitterten.
Aber er kehrte doch wieder um.

Der Tote lastete schwer auf dem Gemüt all dieser Leute. Er lag auf einem Podest inmitten der Kirche, um ihn herum neue Kerzen und Blumen. Hinter ihm stand sein Vater und wartete auf das Ende der Responsorien.

Der Pfarrer ging dicht an Pedro Páramo vorbei. Er vermied es, ihn zu streifen. Mit weichen Gebärden hob er den Weihwedel und versprengte das Weihwasser von oben nach unten. Aus seinem Mund drang ein Murmeln, das ein Gebet sein mochte. Dann kniete er nieder, und mit ihm knieten alle andern.

»Habe Erbarmen mit Deinem Knecht!«

»Er ruhe in Frieden! Amen!« antworteten die Stimmen.

Und als der Zorn wieder über ihn kam, sah er, daß die Leiche Miguel Páramos hinausgetragen wurde und daß alle die Kirche verließen.

Pedro Páramo kam auf ihn zu und kniete neben ihm nieder.

»Ich weiß, daß Sie ihn gehaßt haben, Hochwürden, und mit Recht. Der Mord an Ihrem Bruder, den mein Sohn begangen haben soll, die Sache mit Ihrer Nichte Anita, die, wie Sie annehmen, von ihm vergewaltigt worden ist, die Beleidigungen und Unverschämtheiten, die er sich Ihnen gegenüber hat zuschulden kommen lassen, all das sind Gründe, die man anerkennen muß. Aber vergessen Sie das jetzt, Hochwürden! Haben Sie Mitleid mit ihm und verzeihen Sie ihm, wie Gott ihm vielleicht verziehen hat.«

Er legte eine Handvoll Goldmünzen auf den Gebetschemel und stand auf.

»Nehmen Sie das als Spende für Ihre Kirche!«

Die Kirche war schon leer. An der Tür warteten zwei Männer auf Pedro Páramo, der sich ihnen anschloß, und gemeinsam folgten sie dem Sarg, der auf den Schultern von vier Aufsehern der Medialuna ruhte.

Der Pfarrer hob die Münzen eine nach der andern auf und ging zum Altar.

»Sie sind Dein«, sagte er. »Der kann sich ja das Seelenheil erkaufen, Du mußt wissen, ob das der Kaufpreis ist. Was mich anbetrifft, Herr, so liege ich Dir hier zu Füßen und flehe Dich an um Gerechtigkeit oder Ungerechtigkeit, denn bitten darf man um alles. Wenn es nach mir gehen soll, verdamme ihn, Herr!«

Und er schloß das Tabernakel.

Er ging in die Sakristei, warf sich in eine Ecke und weinte dort vor Gram und Verzweiflung, bis er keine Tränen mehr hatte.

»Herr, Du hast gesiegt«, sagte er dann.

Beim Abendessen trank er wie immer seine Schokolade. Er war innerlich ruhig.

»Anita, weißt du, wen man heute beerdigt hat?«

»Nein, Onkel.«

»Erinnerst du dich an Miguel Páramo?«

»Ja.«

»Der ist heute begraben worden.«

Anita senkte den Kopf.

»Weißt du gewiß, daß er es war?«

»Gewiß nicht, Onkel. Ich habe sein Gesicht nicht gesehen. Er ist ja nachts gekommen, und es war dunkel.«

»Wie konntest du dann wissen, daß es Miguel Páramo war?«

»Er hat es ja selber gesagt: ›Ich bin es, Anita, Miguel Páramo. Erschrick nicht!‹ Das hat er gesagt!«

»Aber du wußtest, daß er der Mörder deines Vaters war?«

»Ja, Onkel.«

»Was hast du getan, um ihn loszuwerden?«

»Nichts.«

Beide waren eine Weile still. Man hörte die weiche Luft, die zwischen den Arrayan-Zweigen spielte.

»Er sagte ja, daß er gerade deswegen gekommen wäre. Um mich um Verzeihung zu bitten und damit ich ihm vergebe. Ich blieb liegen und sagte: ›Das Fenster ist offen.‹ Und er kam

31

herein. Er kam und umarmte mich, als ob das die Art wäre, um Verzeihung zu bitten für das, was er getan hatte. Und ich lächelte ihn an. Ich dachte an das, was du mich gelehrt hast, daß man niemanden hassen soll. Ich lächelte ihm zu, um ihm das zu sagen. Aber dann fiel mir ein, daß er mein Lächeln gar nicht sehen konnte, weil ich ihn ja auch nicht sah, die Nacht war ja so dunkel. Ich fühlte ihn nur auf mir, und daß er anfing, irgend etwas Schlimmes mit mir zu machen.
Ich dachte, er wollte mich umbringen. Das dachte ich, Onkel. Und dann dachte ich gar nichts mehr, ich wollte tot sein, bevor er mich tötete. Sicher hat er sich nur nicht getraut, das zu tun.
Doch das wußte ich erst, als ich die Augen aufschlug und das Morgenlicht sah, das durch das offene Fenster hereinströmte. Vorher war mir so, als ob ich gar nicht mehr lebte.«
»Aber du mußt doch irgendwie wissen, daß er es war. Die Stimme. Hast du ihn denn nicht an der Stimme erkannt?«
»Ich kannte ihn ja gar nicht. Ich wußte nur, daß er meinen Vater ermordet hatte. Ich hatte ihn niemals vorher gesehen und nachher auch nicht, das hätte ich ja nicht ertragen, Onkel.«
»Aber du wußtest doch, wer es war?«
»Ja, und was für ein Mensch er war. Wenn er es gewesen ist, Onkel, dann muß er jetzt in der tiefsten Hölle sein. Darum habe ich die Heiligen inbrünstig gebeten.«
»Glaub das nicht zu fest, mein Kind! Wer weiß, wieviele jetzt für ihn beten. Du bist allein. Ein Gebet gegen Tausende. Und darunter viel, viel heißere Gebete als deines. Zum Beispiel das Gebet seines Vaters.«
Er wollte eigentlich sagen: »Und außerdem habe auch ich ihm verziehen.« Aber er dachte es nur. Er wollte die halb verschüttete Seele des Mädchens nicht quälen. Statt dessen nahm er ihren Arm und sagte:
»Wir wollen Gott, unserm Herrn, danken, daß Er ihn von dieser Erde fortgenommen hat, wo er so viel Böses getan hat, selbst wenn Er ihn jetzt bei sich im Himmel hat.«

Ein Pferd raste im Galopp über die Kreuzung der Landstraße und des Weges, der nach Contla führt. Niemand sah es. Nur eine Frau, die in der Umgebung des Dorfes stand und wartete, erzählte, daß sie das Pferd gesehen habe, wie es mit eingeknickten Beinen lief, als wäre es im Begriff hinzustürzen. Sie erkannte Miguel Páramos Fuchs. Und sie dachte sogar: »Dieses Tier wird sich das Genick brechen.« Dann sah sie, wie es den Körper aufrichtete und, ohne in seiner Geschwindigkeit nachzulassen, mit rückwärts gewandtem Kopf weiterlief, als säße ihm noch der Schreck in den Gliedern über etwas, was es da hinten gesehen hatte.
Solches Gerede gelangte am Abend nach der Beerdigung auf das Gut Medialuna, wo die Leute von dem langen Weg zum Friedhof ausruhten und sich unterhielten, wie man sich überall vor dem Schlafengehen unterhält.
»Dieser Tote hat mir ordentlich weh getan«, sagte Terencio Lubanes. »Ich hab jetzt noch Schmerzen in den Schultern.«
»Und mir sind sogar die Ballen am Fuß geschwollen«, sagte sein Bruder Ubillado. »Der Herr wollte ja durchaus, daß wir alle in Schuhen gehen. Schließlich war's ja nicht gerade ein Feiertag, was, Toribio?«
»Ich, was soll ich dazu sagen? Ich finde, er ist genau zur richtigen Zeit gestorben.«
Nach einer Weile kamen weitere Gerüchte aus Contla. Der letzte Karren brachte sie mit.
»Die Leute sagen, daß sein Geist dort umgeht. Sie haben gesehen, wie er bei der und der ans Fenster geklopft hat. Haargenau wie immer sah er aus, mit seinen Lederhosen und allem sonst.«
»Und du glaubst, daß Don Pedro, dieser Wutnickel, erlauben würde, daß sein Sohn weiter mit den Weibern rummacht? Ich kann mir vorstellen, was er sagen würde, wenn er das wüßte. ›Du bist jetzt tot‹, würde er sagen. ›Bleib schön ruhig in deinem Grab und überlaß uns dies Geschäft.‹ Und wenn er ihn da träfe, so möcht ich wetten, daß er ihn zum zweiten Mal auf den Friedhof befördert.«

»Hast recht, Isaías, der Alte fackelt nicht lange.«
Der Fuhrmann zog weiter. »So wie man mir's erzählt hat, so hab ich's euch wieder erzählt.«
Sternschnuppen fielen. Es war, als rieselte Feuer vom Himmel.
»Seht euch mal an, was da oben für ein Betrieb ist«, sagte Terencio.
»Die machen da zu Ehren von Miguelito ein Fest«, bemerkte Anastasio.
»Ist das nicht etwa ein böses Zeichen?«
»Für wen?«
»Vielleicht hat deine Schwester Sehnsucht nach ihm?«
»Wen meinst du?«
»Dich.«
»Los, Jungens, laßt uns lieber schon schlafen gehen. Wir haben heute genügend geschuftet und müssen morgen früh auf.«
Wie Schatten lösten sie sich auf.
Einer rief noch:
»Sag ihr, sie soll nicht weinen, ich steh ihr ganz zur Verfügung.«
»Kannst mich am...« schrie es hinter ihm her.

Sternschnuppen fielen. In Comala wurden die Lichter gelöscht. Da wurde der Himmel Herr der Nacht.
Der Pfarrer wälzte sich im Bett und konnte nicht einschlafen.
»Alles, was hier geschieht, habe ich auf dem Gewissen«, sagte er zu sich. »Aus Angst, es mit den Leuten zu verderben, die mich ernähren. Von ihnen lebe ich, das ist die reine Wahrheit. Von den Armen bekomme ich nichts, und Gebete machen nicht satt. So liegen die Dinge, und das sind die Folgen. Meine Schuld! Gerade die Menschen habe ich verraten, die mich lieben und an mich glauben und zu mir kommen, damit ich bei Gott ihr Fürsprech bin. Und was haben sie mit ihrem Glauben erreicht? Das Himmelreich? Oder die Läuterung ihrer Seelen? Und wozu läutern sie ihre Seelen, wenn dann im letzten Augenblick... Noch jetzt sehe ich Maria Dyadas Blick vor mir,

damals, als sie zu mir kam und mich anflehte, die Seele ihrer Schwester Carmen zu retten.
›Sie hat immer ihren Nächsten geholfen. Sie hat ihnen alles gegeben, was sie besaß. Sie hat ihnen sogar ein Kind geschenkt, ihnen allen zusammen, und hat es vor sie hingehalten, damit jemand es als seines anerkennen sollte. Aber niemand wollte es tun. Da sagte sie zu ihnen: Dann bin ich also auch sein Vater, obgleich ich zufällig seine Mutter geworden bin –. Die Leute haben ihre Gastfreundschaft mißbraucht und ihr gutes Herz, das niemandem weh tun und sich niemanden zum Feind machen wollte.‹
›Sie hat sich das Leben genommen. Sie hat gegen Gottes Gebot gehandelt.‹
›Es blieb ihr nichts anderes übrig. Auch das hat sie nur getan, weil sie so ein gutes Herz hatte.‹
›Sie hat in letzter Stunde versagt.‹ Das sagte ich zu Maria Dyada. ›Im letzten Augenblick! Soviel hat sie für ihr Seelenheil getan, soviel gottgefällige Werke, und dann hat sie mit einem Schlage alles zunichte gemacht.‹
›Aber sie hat ja gar nichts zunichte gemacht, Hochwürden! Sie ist unter großen Schmerzen gestorben. Und der Schmerz... Über den Schmerz haben Sie uns einmal etwas gesagt, woran ich mich jetzt nicht mehr erinnere, aber sie ist durch den Schmerz hindurchgegangen, Hochwürden. Sie starb zusammengekrümmt von dem Blut, an dem sie erstickt ist. Das sehe ich noch vor mir, wie ihr Gesicht sich verzerrt hat. So traurige Grimassen hat noch nie jemand geschnitten.‹
›Vielleicht, wenn man viel betet...‹
›Wir beten ja viel, Hochwürden.‹
›Ich meine, vielleicht könnte man ihre Seele retten, vielleicht, sage ich, wenn man die Gregorianische Messe für sie lesen würde. Aber das kann ich nicht allein, da müßte man noch zwei andere Priester herkommen lassen, und das kostet Geld.‹
Da hatte ich Maria Dyadas Blick vor Augen, den Blick einer armen Frau mit einem Haufen Kinder.

›Ich habe kein Geld, das wissen Sie ja, Hochwürden!‹
›Ja, dann kann man nichts daran ändern. Vertrauen wir auf Gott!‹
›Ja, Hochwürden.‹«
Wie tapfer wurde doch dieser Blick, als es galt, sich mit den Tatsachen abzufinden! Was hätte es ihm, dem Pfarrer, ausgemacht, die Absolution zu erteilen, wo es doch so leicht war, ein Wort zu sagen, oder zwei, oder auch hundert Worte, wenn die nötig gewesen wären, um diese Seele zu retten! Was wußte er denn überhaupt vom Himmel und von der Hölle! Und doch, in dieses elende Dorf verschlagen, wußte er immerhin noch, wer sich die ewige Seligkeit erworben hatte. Das stand im Verzeichnis. Und, indem er bei den Heiligen des Tages anfing, begann er, die im katholischen Kalender aufgeführten Namen vor sich herzusagen: die heilige Nunilona, Jungfrau und Märtyrerin; der heilige Anertinus, Bischof; die heilige Salome, Witwe; die heilige Elodia und die heilige Nulina, Jungfrauen; die heilige Cordulia und der heilige Donatus. Und so fuhr er fort.
Er war schon im Einschlafen, da setzte er sich plötzlich im Bett auf: »Ich zähle die Heiligen auf, als ob ich Schäfchen springen ließe.«
Er ging hinaus und sah zum Himmel empor. Es regnete Sternschnuppen. Schade! Gern hätte er den Himmel in großer Ruhe über sich gesehen. Er hörte die Hähne krähen. Er fühlte, wie die Nacht die Erde einhüllte. Die Erde, »dieses Tal der Tränen«.

»Um so besser für dich, mein Sohn«, sagte Carmen Dyada zu mir.
Die Nacht war weit vorgeschritten. Das Licht, das in einer Ecke brannte, wurde trübe, dann flackerte es hin und her, und schließlich erlosch es.
Ich hörte, daß die Frau aufstand. Ich dachte, sie wollte eine neue Kerze holen. Ich hörte ihre Schritte aus immer größerer Entfernung. Ich wartete.

Nach einer Weile, als ich merkte, daß sie nicht zurückkam, stand auch ich auf. Mit kleinen Schritten tastete ich mich im Dunkeln vorwärts bis in mein Zimmer. Dort setzte ich mich auf den Boden und wartete auf den Schlaf.
Ich schlief, und zwischendurch lag ich wach. Einmal, als ich gerade wach war, hörte ich das Gebrüll. Es war ein schleppendes, gequetschtes Brüllen, ähnlich wie das Gejohle eines Betrunkenen. »Zum Teufel, was für ein Hundeleben ist das!«
Ich richtete mich schnell auf, denn ich hörte es fast an meinem Ohr. Möglich, daß es auf der Straße war, aber ich hörte es hier, ganz dicht neben der Wand meines Zimmers. Dann war alles still. Man hörte nur das leise Geräusch des Holzwurms und das Raunen der Stille.
Unfaßbar die Stille, die dieses Schreien aus sich gebar! Eine Stille, als wäre alle Luft von der Erde gewichen. Kein Ton war zu hören, nicht der Atem, nicht einmal der Schlag des Herzens, es war, als ob selbst die Stimme des Gewissens verstummt wäre.
Und als die Stille vorbei war und ich mich gerade wieder beruhigt hatte, kam das Brüllen wieder, und es hielt lange an. »Laßt mich wenigstens mit den Beinen strampeln, das darf doch jeder, der aufgehängt wird.«
Da wurde die Tür weit aufgerissen.
»Sind Sie es, Doña Carmen?« fragte ich. »Was geht hier vor? Haben Sie sich geängstigt?«
»Ich heiße nicht Carmen. Ich bin Damiana. Ich habe erfahren, daß du hier bist und wollte dich gerne sehen. Ich lade dich ein, bei mir zu wohnen. Da wirst du dich auch hinlegen können.«
»Damiana Cisneros? Haben Sie nicht auf der Medialuna gewohnt?«
»Ja, da wohne ich. Deshalb komme ich ja so spät.«
»Meine Mutter hat mir immer von einer Damiana erzählt, die für mich gesorgt habe, als ich geboren wurde. Dann sind Sie das also?«

»Jawohl, das bin ich. Ich kenne dich, seit du auf der Welt bist.«
»Ich komme mit Ihnen. Hier kann man ja vor dem Geschrei keine Ruhe finden. Haben Sie nicht gehört, was da eben war? Als ob jemand ermordet würde.«
»Vielleicht war es irgendein Echo, das hier eingeschlossen ist. Vor langen Jahren ist Toribio Aldrete in diesem Zimmer erhängt worden. Dann hat man die Tür zugemauert, bis er trocken war, damit sein Leichnam keine Ruhe fände. Ich weiß überhaupt nicht, wie du hier hereingekommen bist, es gibt ja gar keinen Schlüssel zu dieser Tür.«
»Doña Carmen hat sie aufgemacht. Es wäre das einzige Zimmer, das sie verfügbar hätte.«
»Carmen Dyada?«
»Ja.«
»Arme Carmen! Dann hat sie also noch immer keine Ruhe gefunden!«

»Ich, Endesunterzeichneter, Fulgor Sedano, 54 Jahre alt, ledig, von Beruf Gutsverwalter, berechtigt, als Bevollmächtigter oder in eigener Sache aufzutreten, erhebe Einspruch und erkläre das Folgende:...«
So stand es in dem Protokoll, das er betreffs Vergehen des Toribio Aldrete aufnehmen ließ. Und das war der Schluß: »Ich stelle Strafantrag wegen Nießbrauch.«
»Sie sind ein Mordskerl, Don Fulgor, das muß der Neid Ihnen lassen. Sie schmeißen die Sache, und dazu brauchen Sie gar nicht die Macht, die hinter Ihnen steht, das besorgen Sie ganz alleine.« Fulgor erinnerte sich. Das war das erste, was der Aldrete zu ihm gesagt hatte, als sie sich zusammen betranken, angeblich um das Protokoll zu feiern.
Und weiter hatte Aldrete gesagt: »Mit diesem Papier werden wir uns den Hintern wischen, Sie und ich! Zu was anderem taugt es nämlich nicht. Das wissen Sie selbst ganz genau. Schön, was Sie anbetrifft, so haben Sie nun getan, was man Ihnen aufgetragen hat, und ich selber bin eine Sorge los. Tatsäch-

lich, ich war doch unruhig wegen dieser Sache. Jetzt weiß ich also, worum es sich handelt. Daß ich nicht lache! Also ›wegen Nießbrauch‹! Ihr Herr Don Pedro sollte sich schämen, so ungebildet zu sein!«
Er erinnerte sich. Sie waren in dem Gasthaus der Carmen, und er hatte sie noch gefragt:
»Hör mal, Carmen, kannst du mir das Zimmer in der Ecke geben?«
»Soviel Zimmer, wie Sie haben wollen, Don Fulgor. Wenn Sie wollen, nehmen Sie alle. Werden Ihre Leute hier übernachten?«
»Nein, nur einer. Kümmer dich nicht um uns und geh schlafen! Laß uns nur den Schlüssel hier!«
Und Aldrete hatte ihn unterbrochen: »Also, wie ich schon sagte, Don Fulgor, Sie sind ein Mordskerl! Aber dieser Hurensohn von Gutsherr, den Sie da haben, der kann mich am...«
Er erinnerte sich. Das war das letzte, was er ihn bei vollem Verstand hatte sagen hören. Nachher hatte er sich wie eine Memme benommen und geschrien. »Also die Macht, die hinter mir steht! Großartig!«

Fulgor klopfte mit dem Peitschenstiel an Pedro Páramos Haustür. Er dachte daran, wie er vor zwei Wochen hergekommen war. Genau so wie damals wartete er eine geraume Weile. Er sah sich auch wieder die schwarzen Schleifen an, die vom Türbalken herunterhingen. Aber dieses Mal dachte er nicht: »Aha! Da haben sie mehrere übereinander gehängt. Die unterste ist schon ganz verschossen, die oberste glänzt noch wie Seide, dabei ist es ein ganz gewöhnlicher Lappen, den man schwarz gefärbt hat.« Damals, vor zwei Wochen, hatte er so lange gewartet, daß er schließlich dachte, das Haus wäre vielleicht unbewohnt. Und er war schon im Begriff fortzugehen, als plötzlich Pedro Páramo vor ihm stand.
»Komm herein, Fulgor!«
Es war ihre zweite Begegnung gewesen. Bei der ersten hatte

Fulgor zwar Pedro gesehen, aber der kleine Pedro konnte ihn noch nicht sehen, er war gerade eben geboren. Es war also eigentlich das erste Mal gewesen, daß sie sich sahen. Und dabei sprach dieser Pedro mit ihm wie mit seinesgleichen! Großartig! Er war ihm mit langen Schritten gefolgt und ließ die Reitpeitsche um seine Beine spielen. »Der wird bald merken, wer hier derjenige welcher ist! Sehr bald wird er das merken und auch weshalb ich gekommen bin!«
»Setz dich, Fulgor! Hier haben wir mehr Ruhe zum Sprechen.«
Sie waren im Geflügelhof. Pedro Páramo machte es sich auf einer Krippe bequem und wartete.
»Warum setzt du dich nicht, Fulgor?«
»Ich ziehe es vor zu stehen, Pedro.«
»Wie du willst. Aber, wenn ich bitten darf: Don Pedro!«
Was nahm dieser Bengel sich heraus, so mit ihm zu sprechen! Nicht einmal sein Vater, Don Lucas Páramo, hatte sich das getraut. Und da kommt dieser Grünschnabel, der sich niemals auf der Medialuna hat sehen lassen, der die Arbeit nicht einmal vom Hörensagen kennt, und behandelt einen wie einen Tagelöhner. Großartig.
»Wie steht das hier?« fragte Pedro.
Fulgor fühlte, daß der Moment gekommen war. »Jetzt ist die Reihe an mir«, dachte er.
Dann sagte er: »Schlecht. Es ist nichts mehr da. Wir haben das letzte Vieh verkauft.«
Er fing an, die Papiere hervorzuholen und war im Begriff, zu sagen: »Wir schulden soundsoviel«, als Pedro ihn unterbrach:
»Wem schulden wir? Wieviel interessiert mich nicht, sondern wem.«
Fulgor las ihm eine Liste von Namen vor und sagte abschließend:
»Die Sache ist die, daß nichts da ist, womit wir bezahlen könnten.«

»Und wieso nicht?«
»Weil Ihre Familie alles verbraucht hat. Sie haben ständig Geld verlangt, immer und immer wieder, und nie etwas zurückgezahlt. Wie oft hab ich ihnen gesagt: ›Auf die Dauer werden Sie alles zugrunde richten.‹ Und das haben sie ja nun auch glücklich fertig gebracht. Immerhin, ich weiß da jemanden, der sich für das Land interessiert, jemanden, der gut zahlt. Wir könnten die fälligen Wechsel einlösen, und es würde immer noch etwas Land übrig bleiben. Allerdings nicht mehr sehr viel.«
»Der Jemand bist wohl du?«
»Wie können Sie so etwas glauben?«
»Ich glaube alles, was ich glaube. Morgen nehmen wir die Sache in die Hand. Wir fangen mit den Preciados an. Denen schulden wir am meisten, hast du gesagt?«
»Ja«, sagte Fulgor, »und haben ihnen am wenigsten zurückgezahlt. Ihr Vater hat die immer bis zuletzt gelassen. Es scheint, daß eine von ihnen, die Gertrudis, in die Stadt gezogen ist, ich weiß nicht, ob nach Guadalajara oder nach Colima. Und der Lola, ich meine, der Doña Dolores, gehört jetzt das Ganze. Sie wissen doch, das Gut Enmedio. Der müssen wir zahlen.«
»Morgen hältst du um Lolas Hand an.«
»Aber Don Pedro, wie können Sie glauben, daß sie mich alten Mann nimmt?«
»Für mich wirst du um sie anhalten. Schließlich und endlich ist sie sogar ganz reizvoll. Du wirst ihr sagen, daß ich mächtig in sie verliebt sei. Und ob sie einverstanden sei. Im Vorbeigehen sag dem Pfarrer, er solle die Formalitäten erledigen. Wieviel Geld hast du flüssig?«
»Gar keins, Don Pedro.«
»Schön, versprich ihm was. Sag ihm, daß wir bezahlen werden, sobald wir etwas haben. Ich nehme an, er wird keine Schwierigkeiten machen. Tu das gleich morgen.«
»Und die Sache mit dem Aldrete?«
»Was will denn der Aldrete? Du hast von Preciados gespro-

chen und von Fregosos und Guzmans. Und jetzt kommst du plötzlich mit dem Aldrete an.«
»Ach, Grenzgeschichten. Er hat sein Land einfrieden lassen und verlangt jetzt von uns, daß wir das Stück Mauer ziehen, das noch fehlt, damit die Grundstücke von einander abgegrenzt sind.«
»Das laß für später! Kümmer dich nicht um Mauern! Da wird's keine Mauern geben. Die Erde hat keine Grenzen. Denk mal über die Sache nach, Fulgor, aber mach ihm keinerlei Andeutungen! Erst bring das mal mit der Lola in Ordnung! Willst du dich nicht setzen?«
»Jawohl, Don Pedro, jetzt setz ich mich hin. Mein Wort drauf, es macht mir Spaß, mit Ihnen zu tun zu haben...«
»Du sagst der Lola, daß die Sache so und so ist und daß ich sie liebe. Das ist wichtig. Im Ernst, ich bin wirklich in sie verliebt. Ihrer Augen wegen, weißt du? Das machst du morgen ganz früh. Ich geb dir etwas weniger zu tun. Kümmere dich morgen gar nicht um die Medialuna!«

Zum Teufel, woher mag der Junge diese Gerissenheit haben? dachte Fulgor, als er zur Medialuna zurückging. Ich habe mir gar nichts von ihm erwartet. »Er ist unfähig«, pflegte mein verstorbener Gutsherr Don Lucas von ihm zu sagen. »Ein Faulenzer erster Güte!« Und ich gab ihm recht. »Wenn ich mal sterbe, suchen Sie sich eine andere Stellung, Fulgor!« – »Jawohl, Don Lucas.« – »Wenn ich Ihnen sage, daß ich sogar daran gedacht hatte, ihn aufs Priesterseminar zu schikken. Ich hab gedacht, vielleicht kann er wenigstens so sich sein Brot verdienen und seine Mutter erhalten, wenn ich nicht mehr da bin. Aber nicht mal dazu kann er sich entschließen.« – »Das haben Sie wirklich nicht verdient, Don Lucas!« – »Ich kann überhaupt nicht mit ihm rechnen, selbst nicht damit, daß er einmal die Stütze meines Alters sein könnte. Er ist eben mißraten, Fulgor, dabei ist nichts zu machen.« – »Welch ein Jammer, Don Lucas!«

Und nun dieses! Wenn er, Fulgor, nicht so an der Medialuna hinge, wäre er ja überhaupt gar nicht zu ihm hingegangen. Aber er hing nun einmal an diesem Stück Land, an diesen kahlen Hügeln, die schon so oft bebaut waren und immer wieder den Pflug geduldig über sich ergehen ließen und immer reichere Ernten trugen. Wie er sie liebte, diese Medialuna! Und was nun noch alles dazukommen würde: Komm, komm, kleines nettes Gut Enmedio! Er sah es schon kommen. Es war schon beinahe da. Wie wichtig doch schließlich eine Frau sein konnte! »Das will ich meinen!« sagte er. Und er ließ die Reitpeitsche um seine Beine spielen, als er durch das große Tor des Gutes hinausging.

Es war sehr leicht, Lola die Sache einzureden. Ihre Augen leuchteten, die Aufregung verzerrte ihr Gesicht.
»Entschuldigen Sie, daß ich rot werde, Don Fulgor! Aber ich habe nie geahnt, daß Don Pedro sich für mich interessiert.«
»Ich sage Ihnen, er kann nicht schlafen, weil er immer an Sie denken muß.«
»Aber er hat doch große Auswahl. Es gibt doch in Comala so viele hübsche Mädchen! Was werden die sagen, wenn sie das hören?«
»Er denkt nur an Sie, Dolores, sonst an keine.«
»Wenn Sie so reden, Don Fulgor, kriege ich das Zittern. Ich habe ja nie im Traum daran gedacht!«
»Ja, er ist ein sehr zurückhaltender Mensch. Und dann hat Don Lucas – Friede seiner Asche! – ihm gesagt, Sie wären seiner nicht wert. Aus purem Gehorsam hat er geschwiegen. Aber jetzt, wo Don Lucas nicht mehr auf Erden ist, jetzt gibt es kein Hindernis mehr für ihn. Es war sein erster Entschluß. Nur, daß ich mich nicht gleich darum kümmern konnte, weil ich zuviel zu tun hatte. Also wir setzen die Hochzeit auf übermorgen fest. Was meinen Sie?«
»Ist das nicht sehr bald? Ich habe nichts vorbereitet. Ich muß ja meine Brautausstattung bestellen. Ich werde an meine Schwe-

ster schreiben, oder nein, ich schicke ihr lieber einen Boten. Aber auf keinen Fall kann ich vor dem achten April fertig sein. Heute ist der erste. Ja, knapp bis zum achten kann ich es schaffen. Sagen Sie ihm, er soll sich noch ein paar Tage gedulden!«
»Er möchte am liebsten, daß es heute schon wäre. Was die Ausstattung anbetrifft, die bekommen Sie von uns. Don Pedros verstorbene Mutter wartet nur darauf, daß Sie ihre Sachen benutzen. Das ist so Sitte in der Familie.«
»Aber in den nächsten Tagen geht es noch aus einem andern Grund nicht. Da sind Geschichten, die wir Frauen haben... Sie verstehen mich doch, nicht wahr? Es ist mir entsetzlich peinlich, Ihnen das zu sagen, Don Fulgor. Ich fühle, daß ich ganz blaß werde, aber mein Monat ist gerade herum. Ach, wie peinlich das ist!«
»Was ist schon dabei? Mit der Ehe hat das ja nichts zu tun, ob der Monat rum ist oder nicht. Da kommt es nur darauf an, daß man sich liebt. Und wenn das in Ordnung ist, dann ist alles andere gleich.«
»Ach, Sie verstehen mich nicht, Don Fulgor!«
»Ich verstehe ganz gut. Die Hochzeit ist übermorgen.«
Und so wie sie dastand und ihn mit ausgebreiteten Armen um acht Tage, um acht Tage nur, anflehte, so ließ er sie stehen.
Daß ich nur im Kopf behalte, dem Pedro, diesem geriebenen Jungen, einzuschärfen, er soll nicht vergessen, dem Richter zu sagen, daß Gütergemeinschaft abgemacht wird! Denk dran, Fulgor, es ihm gleich morgen zu sagen.

Inzwischen lief die Lola mit einer Waschschüssel in die Küche, um heißes Wasser zu holen. »Ich werd alles tun, damit es schneller kommt. Aber auf jeden Fall dauert es seine drei Tage. Dabei läßt sich nichts machen. O Gott, wie glücklich ich bin, wie glücklich! Dank Dir, lieber Gott, daß Du mir Don Pedro gibst!« Und dann fügte sie hinzu: »Selbst für den Fall, daß er später mich nicht mehr ausstehen kann...«

»Also ich habe schon um sie angehalten, und sie ist ganz einverstanden. Der Herr Pfarrer will sechzig Pesos dafür, daß er kein Aufgebot erläßt. Ich hab ihm gesagt, daß er sie zu gegebener Zeit bekommt. Er sagt, daß er den Altar reparieren lassen muß und daß sein Eßzimmertisch ganz aus dem Leim geht. Ich hab ihm versprochen, daß wir ihm einen neuen Tisch schicken werden. Er sagt, daß Sie nie zur Messe kommen. Ich hab ihm versprochen, daß Sie von jetzt an kommen werden. Und daß seit dem Tod Ihrer Großmutter der Zehnte nicht mehr bezahlt worden ist. Darum solle er sich keine Sorgen machen, hab ich gesagt. Er ist einverstanden.«
»Hast du dir von der Dolores keinen Vorschuß geben lassen?«
»Nein, Don Pedro. Das hab ich mich nicht getraut, das nicht! Sie war so glücklich, ich wollte ihr doch nicht diese Enttäuschung bereiten.«
»Du bist ein Kindskopf.«
– Großartig! Ich ein Kindskopf! Mit meinen fünfundfünfzig Jahren auf dem Buckel! Er steckt eben seine Nase ins Leben, und ich bin nur noch ein paar Schritte vom Grab. –
»Ich wollte ihr nicht die Freude verderben.«
»Ja, du bist eben ein Kindskopf.«
»Schön, Don Pedro.«
»Nächste Woche gehst du zu dem Aldrete und sagst ihm, daß er die Mauer zurückverlegen muß. Er ist in das Terrain der Medialuna eingedrungen.«
»Er hat richtig gemessen, Don Pedro. Das weiß ich ganz gewiß.«
»Du sagst ihm also, daß er sich geirrt hat, daß er das falsch ausgerechnet hat. Wenn es nötig sein sollte, laß die Mauern runterreißen.«
»Und die Gesetze?«
»Welche Gesetze, Fulgor? Von jetzt ab machen wir das Gesetz. Hast du auf der Medialuna unter deinen Leuten einen handfesten Kerl?«

»Jawohl, einer oder der andere ist schon drunter.«
»Also schick eine Abordnung zu Aldrete. Dann läßt du ein Protokoll aufnehmen und klagst ihn an wegen ›Nießbrauch‹ oder wegen sonst was, was dir gerade einfällt. Und erinnere ihn daran, daß Lucas Páramo tot ist und daß man mit mir anders umgehen muß!«
Der Himmel war noch blau. Es standen nur wenige Wolken daran. Dort oben blies der Wind, hier unten wurde er zu Glut.

Er klopfte nochmals mit dem Peitschenstiel gegen die Tür, nur um nicht nachzugeben, denn er wußte schon, daß nicht aufgemacht werden würde, bevor es Pedro Páramo paßte. Er sah zum Türpfosten hin und sagte: »Hübsch sehen diese schwarzen Schleifen aus, alles was recht ist!«
In diesem Augenblick wurde die Tür geöffnet und er trat ein.
»Herein, Fulgor. Ist die Angelegenheit Toribio Aldrete erledigt?«
»Total erledigt, Don Pedro!«
»Dann bleibt also noch die Sache mit den Fregosos. Lassen wir das vorläufig noch in der Schwebe! Im Augenblick nehmen meine Flitterwochen mich sehr in Anspruch.«

»Dieses Dorf ist voller Echos. Es ist so, als ob sie in dem Hohlraum zwischen den Wänden oder unter den Steinen eingeschlossen wären. Wenn man geht, hat man das Gefühl, daß jemand hinter einem hergeht. Es knirscht. Und man hört Gelächter, sehr altes Gelächter, das schon müde vom Lachen ist. Und Stimmen, die schon abgenutzt sind. All das hört man. Es wird einmal ein Tag kommen, denke ich immer, da werden all diese Geräusche verstummen.«
Das erzählte mir Damiana Cisneros, während wir durch das Dorf gingen.
»Eine Zeitlang hörte ich viele Nächte hindurch Festtrubel. Der Lärm drang bis zu mir auf die Medialuna. Ich kam her, um

mir den Rummel anzusehen, und was sah ich? Genau das, was wir jetzt hier sehen: Nichts. Niemanden. Die Straßen so verlassen wie jetzt.
Dann, eines Tages, war nichts mehr zu hören. Man wird ja mal müde, wenn man sich amüsiert. Darum wunderte ich mich nicht weiter, daß das zu Ende war.«
»Ja, dieses Dorf ist voller Echos«, wiederholte Damiana. »Ich grusele mich schon gar nicht mehr. Ich höre Hunde heulen und laß sie heulen. Ich laß sie einfach, ich weiß ja, daß es hier keinen einzigen Hund gibt. Und an Tagen, wenn Wind ist, sieht man, wie er die Blätter vor sich her treibt. Dabei sind hier gar keine Bäume, wie du siehst. Natürlich, früher waren einmal welche da, wo sollten sonst all diese Blätter herkommen?
Aber das Schlimmste von allem ist, wenn man die Leute sprechen hört, und es klingt so, als ob die Stimmen aus einer Spalte herauskommen, und dabei hört man sie so deutlich, daß man sie erkennen kann. Gerade eben, als ich zu dir ging, begegnete mir ein Leichenzug. Ich bleibe stehen, um ein Vaterunser zu beten, da kommt eine Frau aus dem Trauergefolge auf mich zu und sagt:
›Damiana! Bitte für mich, Damiana!‹
Sie nimmt das Tuch vom Kopf, und ich erkenne das Gesicht meiner Schwester Sixtina.
›Was machst du hier?‹ frage ich.
Da läuft sie fort und versteckt sich zwischen den andern Frauen.
Meine Schwester Sixtina, falls du es nicht wissen solltest, starb, als ich zwölf Jahre alt war. Sie war die älteste von uns. Und wir waren achtzehn Geschwister. Da kannst du dir ausrechnen, wie lange sie schon tot ist. Und stell dir vor, da irrt sie noch immer in dieser Welt herum! Also erschrick nicht, Juan Preciado, wenn du Echos hörst, die viel weniger alt sind als dieses!«
»Sind Sie auch von meiner Mutter benachrichtigt worden, daß ich herkommen würde?«

»Nein. Übrigens, was macht deine Mutter?«
»Sie ist gestorben«, sagte ich.
»Sie ist gestorben! Und woran?«
»Ich weiß nicht, woran. Vielleicht an Kummer. Sie hat immerfort geseufzt.«
»Das ist schlimm. Jeder Seufzer ist ein Hauch Leben, der von einem geht. Sie ist also tot!«
»Ja, eigentlich müßten Sie es ja wohl wissen.«
»Warum meinst du, daß ich es wissen müßte? Ich weiß doch seit vielen Jahren schon von nichts mehr.«
»Wieso sind Sie dann zu mir gekommen?«
»........«
»Damiana, sagen Sie, Damiana, sind Sie überhaupt ein lebendiger Mensch?«
Und plötzlich war ich in den leeren Straßen allein. Durch die Fenster der zum Himmel offenen Häuser sah man die zähen Stengel des Unkrautes. Abbröckelnde Einfassungsmauern zeigten ihre vom Regen ausgewaschenen Lehmziegel.
»Damiana!« schrie ich. »Damiana Cisneros!«
»...Ana...neros!...Ana...neros...!« antwortete mir das Echo.

Ich hörte Hunde bellen, als hätte ich sie mit meinem Rufen aufgeweckt. Ich sah einen Mann die Straße überqueren.
»Hallo!« rief ich ihn an.
»Hallo!« antwortete er mir mit meiner eigenen Stimme.
Dann hörte ich zwei Frauen reden, es klang, als ständen sie eben hinter der nächsten Ecke.
»Sieh mal, wer da kommt! Ist das nicht Filoteo Aréchiga?«
»Ja, das ist er. Tu so, als ob du nichts merkst.«
»Laß uns lieber gehen! Wenn er hinter uns herkommt, dann hat er es wirklich auf eine von uns abgesehen. Welcher von uns beiden, glaubst du, steigt er nach?«
»Sicher dir.«
»Und ich glaube, dir.«

»Hör schon auf zu laufen! Er ist an der Ecke stehen geblieben.«
»Also keiner von uns beiden, siehst du?«
»Aber wenn er nun doch hinter dir oder mir hergewesen wäre! Stell dir das mal vor!«
»Rede dir keine Schwachheiten ein!«
»Am Ende ist es besser so. Die bösen Zungen sagen, daß das der ist, der für Don Pedro Mädchen besorgt. Dem wären wir also entgangen!«
»So? Na, mit diesem Alten will ich nichts zu tun haben!«
»Lieber gehen wir!«
»Ja, du hast recht. Wir wollen hier fort!«

Nacht. Mitternacht war längst vorbei. Und wieder hörte ich Stimmen:
»Ich sage dir doch, daß ich zahlen kann, wenn der Mais dies Jahr gut gedeiht. Wenn er mißrät, dann mußt du dich eben damit abfinden.«
»Ich dränge dich ja nicht. Du weißt selber, daß ich immer rücksichtsvoll gewesen bin. Aber das Land gehört ja nicht mehr dir. Du arbeitest ja jetzt auf fremdem Grund und Boden. Woher willst du das Geld nehmen, um mich zu bezahlen?«
»Wer hat dir das gesagt, daß das Land mir nicht mehr gehört?«
»Die Leute sagen, du hast es an Pedro Páramo verkauft.«
»Mit diesem Herrn habe ich nicht das Geringste zu tun. Das Land ist meines, wie es immer meines war.«
»Das sagst du. Aber die Leute sagen, daß das Ganze ihm gehört.«
»Das sollen sie mir mal ins Gesicht sagen!«
»Sieh doch, Galileo, hier unter uns, ich schätze dich. Schließlich bist du der Mann meiner Schwester und behandelst sie gut, das wissen alle. Aber mir wirst du doch nicht ableugnen, daß du das Land verkauft hast!«
»Und ich sag dir, daß ich es keinem verkauft habe.«

»Aber gehören tut es Pedro Páramo. Er hat es so bestimmt. War denn Don Fulgor noch nicht bei dir?«
»Nein.«
»Dann kommt er morgen, und wenn nicht morgen, irgendeinen andern Tag.«
»Gut, soll er mich umbringen, oder ich bringe ihn um. Aber seinen Willen wird er nicht durchsetzen.«
»Requiescat in pace, amen. Für alle Fälle, lieber Schwager!«
»Du wirst mich schon wiedersehen, daran zweifle nur nicht. Um mich mach dir keine Sorgen, nicht umsonst hat meine Mutter mir das Fell gegerbt, damit es schön dick wird.«
»Gut, dann bis morgen. Sag Felicitas, daß ich heute nicht zum Abendessen komme. Ich habe keine Lust, nachher zu erzählen: Am Abend vorher war ich noch mit ihm zusammen.«
»Wir werden dir was aufheben, für den Fall, daß du dich doch noch entschließt zu kommen.«
Man hörte das laute Geräusch der Schritte, die sich unter Sporengeklirr entfernten.

»... Morgen früh in der Dämmerung, kommst du mit mir, Chona. Ich habe die Maultiere schon bereit.«
»Und wenn mein Vater vor Wut stirbt? In seinem Alter... Ich würde es mir nie verzeihen, wenn ihm durch meine Schuld etwas geschähe. Ich bin der einzige Mensch, den er hat, der ihm bei seinen Bedürfnissen hilft. Was hast du solche Eile, mich zu entführen? Halt es noch ein bißchen aus! Er wird bald sterben.«
»Dasselbe hast du mir vor einem Jahr gesagt. Damals hast du mir noch vorgeworfen, daß ich der bin, der nichts riskieren will, du hättest die Sache hier satt. Ich habe die Maultiere beschafft, sie sind bereit. Kommst du mit?«
»Ich will's mir überlegen.«
»Chona, wenn du wüßtest, wie du mir gefällst! Ich halte es nicht mehr aus, Chona! Also entweder kommst du mit oder – du kommst mit!«
»Ich will's mir überlegen. Versteh mich doch! Wir müssen war-

ten, bis er stirbt. Es ist ja schon bald so weit. Dann komme ich mit dir, und du brauchst mich gar nicht zu entführen.«
»Das hast du mir auch schon vor einem Jahr gesagt.«
»Ja, und?«
»Und? Jetzt hab ich die Maultiere extra gemietet. Ich hab sie schon da. Sie warten nur auf dich. Laß ihn allein fertig werden. Du bist hübsch. Du bist jung. Es wird sich schon irgendeine alte Frau finden, die ihn pflegen kann. Hier sind genug mildtätige Seelen.«
»Ich kann nicht.«
»Du kannst wohl.«
»Ich kann nicht. Er tut mir leid. Schließlich ist er doch mein Vater.«
»Schön, dann hat es keinen Sinn, weiterzureden. Dann hol ich mir die Juliana, die in mich verschossen ist.«
»Meinetwegen. Ich hab nichts dagegen.«
»Willst du nicht, daß wir uns morgen sehen?«
»Nein, ich will dich niemals wiedersehen.«

Lärm. Stimmen. Geräusche. Ferne Lieder.
Mein Liebchen gab mir ein Tüchelein,
Sein Saum war mit Tränen gesäumt...
Es klang wie Falsett oder wie von Frauenstimmen gesungen. Ich sah die Karren vorbeiziehen. Langsam schoben die Ochsen sich vorwärts. Unter den Rädern knirschten die Steine. Die Fuhrleute schienen zu schlafen.
»*...Jeden Morgen zittert das Dorf, wenn die Ochsenkarren hindurchziehen. Sie kommen von überall her, vollbeladen mit Salpeter, mit Maiskolben, mit Parágras. Die Räder quietschen, und die Fensterscheiben vibrieren, so daß die Leute aufwachen. Zu derselben Stunde werden die Backöfen aufgemacht, und es riecht nach frischgebackenem Brot. Und plötzlich kann es anfangen zu donnern, oder plötzlich beginnt es zu regnen, oder plötzlich wird es Frühling. Da wirst du dich an das Plötzliche gewöhnen, mein Kind.*«

Leere Karren, die die Stille der Straßen mahlen, die im Dunkel der Nacht verschwinden. Und Schatten. Und das Echo der Schatten.

Ich wollte hier fort, zurück nach Haus. Dort oben, woher ich gekommen war, fühlte ich meine Spur wie eine offene Wunde zwischen den schwarzen Hügeln klaffen.

Da berührte mich jemand an der Schulter.

»Was tun Sie hier?«

»Ich bin hergekommen, um...« Und schon wollte ich sagen, wen ich eigentlich hier suchte, aber ich besann mich. »Ich bin hergekommen, um meinen Vater aufzusuchen.«

»Kommen Sie doch herein!«

Ich trat ein. Es war ein Haus, dessen Dach zur Hälfte eingestürzt war. Die Dachziegel lagen am Boden, das Dach lag am Boden.

In der andern Hälfte der Stube waren ein Mann und eine Frau.

»Seid ihr auch Tote?« fragte ich.

Und die Frau lächelte. Der Mann sah mich streng an.

»Er ist betrunken«, sagte der Mann zu ihr.

»Nein, es gruselt ihn nur.«

Es war eine Petroleumlampe da. Es war ein aus Schilf geflochtenes Bett da und ein Rohrstuhl, auf dem ihre Kleider lagen. Denn sie war splitternackt, so wie Gott sie in die Welt gesetzt hatte, und er auch.

»Wir hörten jemanden jammern und mit dem Kopf gegen unsere Tür schlagen. Und da standen Sie. Was ist Ihnen denn geschehen?«

»Mir ist so vieles geschehen, daß ich am liebsten schlafen möchte.«

»Wir haben schon geschlafen.«

»Schön, gehen wir also schlafen!«

Die Morgendämmerung löschte allmählich meine Erinnerungen aus.

Von Zeit zu Zeit hörte ich den Klang von Worten und merkte, wie anders sie waren. Denn die Worte, die ich bis dahin gehört hatte, und darüber wurde ich mir jetzt erst klar, hatten überhaupt gar keinen Klang, sie klangen nicht, man fühlte sie nur. Sie waren tonlos, wie wenn man im Traum Worte hört.
»Wer mag das sein?« fragte die Frau.
»Keine Ahnung«, antwortete der Mann.
»Wie ist der bloß hierher geraten?«
»Keine Ahnung.«
»Ich glaube, ich hab gehört, daß er irgendwas von seinem Vater gesagt hat.«
»Das hab ich auch gehört.«
»Ob er sich nicht vielleicht verirrt hat? Weißt du noch, als die damals kamen, die sagten, sie hätten sich verirrt? Sie suchten einen Ort, der Los Confines heißt, und du hast ihnen gesagt, daß du nicht weißt, wo das liegt.«
»Ja, ich erinnere mich. Aber laß mich schlafen! Es ist noch nicht Morgen.«
»Da fehlt nicht mehr viel. Ich sprech ja gerade mit dir, damit du wach wirst. Du hast mir doch gesagt, ich soll dich wecken, bevor es Morgen wird. Deshalb rede ich gerade mit dir. Steh auf!«
»Und warum soll ich eigentlich aufstehen?«
»Kann ich das wissen? Du hast mir gestern abend gesagt, daß ich dich wecken soll. Warum, hast du nicht gesagt.«
»Also dann laß mich schlafen! Hast du nicht gehört, was dieser da gesagt hat, als er kam? Wir sollen ihn schlafen lassen. Das ist das einzige, was er gesagt hat.«
Jetzt ist es, als ob die Stimmen fortgehen, als ob ihr Klang sich verflüchtigt, als ob sie verlöschen. Niemand sagt mehr etwas. Das ist der Schlaf.
Nach einer Weile sind wieder Worte zu hören:
»Eben hat er sich bewegt. Womöglich wacht er gleich auf. Und wenn er uns hier sieht, wird er fragen.«

»Was soll er denn fragen?«
»Irgendwas wird er doch sagen müssen, nicht?«
»Laß ihn doch! Er scheint sehr müde zu sein.«
»Glaubst du?«
»Schweig schon endlich!«
»Sieh mal, er bewegt sich. Siehst du, wie er sich herumwälzt? So, als ob man ihn inwendig hin und her zerrt. Ich weiß wie das ist, mir ist ja dasselbe geschehen.«
»Was ist dir geschehen?«
»Das.«
»Ich weiß nicht, was du meinst.«
»Ich würde ja still sein, aber wenn ich den da sehe, wie er herumwühlt, muß ich daran denken, wie es mir gegangen ist, als du es zum ersten Mal gemacht hast. Und ich weiß, wie weh es getan hat und wie ich es bereut habe.«
»Was hast du bereut?«
»Ich erinnere mich, wie mir war, nachdem du es getan hattest. Denn, wenn du es auch nicht wahr haben willst, ich wußte wohl, daß es schlecht war.«
»Jetzt kommst du an mit dieser Geschichte! Warum schläfst du nicht lieber und läßt mich auch schlafen?«
»Du hast mir doch gesagt, daß ich dich wecken soll. Und das tue ich ja. Mein Gott, ich tue ja nur, was du mir gesagt hast. Los! Es ist schon Zeit, daß du aufstehst.«
»Laß mich zufrieden, Weib!«
Der Mann schien zu schlafen. Die Frau quengelte weiter, aber ganz leise:
»Es muß schon Morgen sein, es ist ja schon hell. Ich kann diesen Mann da von hier aus sehen. Und wenn ich ihn sehen kann, dann muß es doch schon so hell sein, daß man ihn sehen kann. Gleich wird die Sonne aufgehen, natürlich, das ist ganz klar. Womöglich stellt sich heraus, daß es ein Bösewicht ist. Und wir haben ihn bei uns aufgenommen. Daß es nur diese Nacht war, spielt ja keine Rolle. Wir haben ihn versteckt, und das wird uns einmal Unglück bringen. Sieh nur, wie er sich

hin und her wälzt, wie jemand, der nicht weiß, wie er liegen soll. Womöglich ist das einer, der nicht mehr aus noch ein weiß.«
Es wurde hell. Der Tag zerstreut die Schatten, löst sie auf. Das Zimmer war warm von der Wärme der schlafenden Körper. Durch die Augenlider hindurch spürte ich die Morgendämmerung. Ich fühlte das Licht. Ich hörte:
»Wie ein Besessener wälzt der sich herum. Und er sieht auch richtig aus wie ein schlechter Kerl. Steh auf, Donis! Sieh ihn dir an! Er scheuert sich am Boden und krümmt sich dabei. Der Speichel läuft ihm aus dem Mund. Das ist jemand, der schon viele Tote auf dem Gewissen hat. Und du hast ihm das nicht angesehen!«
»Ein armer Teufel wird es sein. Schlaf und laß uns schlafen!«
»Und warum soll ich eigentlich schlafen, wenn ich nicht müde bin?«
»Dann steh auf und scher dich irgendwo hin, wo du nicht störst!«
»Das werde ich auch tun. Ich stehe auf. Ich werde Feuer machen. Und wenn ich bei dem da vorbeikomme, dann sag ich ihm, er soll sich hier zu dir legen, an meinen Platz.«
»Tu das!«
»Aber ich werd das nicht fertigbringen. Ich werd ja Angst haben.«
»Dann geh an deine Arbeit und laß uns zufrieden!«
»Das werde ich auch tun.«
»Also, wird's?«
»Ich geh ja schon.«
Ich merkte, daß die Frau vom Bett aufstand. Ihre nackten Füße stapften über den Boden und stiegen über meinen Kopf hinweg. Ich öffnete die Augen und schloß sie wieder.
Als ich aufwachte, schien die Mittagssonne. Neben mir stand ein Töpfchen Kaffee. Ich versuchte, das Zeug zu trinken, nahm ein paar Schlücke.
»Das ist alles, was wir haben. Entschuldigen Sie, daß es so wenig ist. Wir sind so knapp an allem, so knapp!«

Es war eine Frauenstimme.

»Machen Sie sich keine Sorgen um mich!« sagte ich. »Um mich sorgen Sie sich nicht! Ich bin daran gewöhnt. Wie kommt man von hier weg?«

»Wohin?«

»Irgendwohin.«

»Es gibt hier eine Menge Wege. Es gibt einen, der geht nach Contla, und einen, der kommt von Contla. Ein anderer führt geradewegs ins Gebirge. Dieser da, den Sie von hier aus sehen, das weiß ich nicht, wo der hingeht«, und sie zeigte mit dem Finger auf das Loch im Dach, von wo die Decke eingestürzt war. »Dann ist da noch der, der an der Medialuna vorbeigeht. Und dann gibt es noch einen, der geht quer übers Land, und das ist der, der am weitesten wegführt.«

»Vielleicht ist das der, auf dem ich hergekommen bin.«

»Und wohin geht der?«

»Nach Sayula.«

»Stellen Sie sich vor! Und ich hab immer geglaubt, daß Sayula auf dieser Seite liegt! Das ist immer ein Traum von mir gewesen, einmal nach Sayula zu kommen. Da soll es ja eine Masse Leute geben, nicht?«

»So wie überall.«

»Stellen Sie sich vor! Und wir sind hier so allein. Wir brennen darauf, nur ein ganz klein bißchen vom Leben zu sehen.«

»Wohin ist Ihr Mann gegangen?«

»Das ist nicht mein Mann. Das ist mein Bruder, wenn er auch nicht will, daß man das weiß. Wohin er gegangen ist? Er will ein wildes Kalb einfangen, das sich verirrt hat und da oben herumläuft. Wenigstens hat er das gesagt.«

»Seit wann sind Sie hier?«

»Schon immer. Wir sind hier geboren.«

»Dann müßten Sie eigentlich Dolores Preciado gekannt haben.«

»Er, Donis, vielleicht. Ich selber weiß so wenig von den Leuten. Ich gehe niemals aus. Hier an dieser Stelle, wo Sie mich

sehen, da bin ich immer und ewig gewesen... Das heißt, immer eigentlich nicht. Erst seit er mich zu seiner Frau gemacht hat. Seit damals rühre ich mich nicht mehr aus dem Haus, aus Angst, mich vor den Leuten zu zeigen. Er will es ja nicht wahrhaben, aber ich sehe doch aus, daß man Angst vor mir kriegen kann, nicht?« Sie stellte sich in die Sonne. »Jetzt schauen Sie sich einmal mein Gesicht an!«
Es war ein ganz gewöhnliches Gesicht.
»Was soll denn daran sein?«
»Sehen Sie mir denn nicht meine Sünde an? Sehen Sie denn nicht diese lila Flecke, wie Ausschlag, mit denen ich übersät bin von oben bis unten? Und das ist nur von außen. Innen bin ich ein Meer von Dreck.«
»Und wer soll Sie denn eigentlich sehen? Hier ist ja niemand. Ich bin kreuz und quer durch das Dorf gegangen und habe niemanden gesehen.«
»Das scheint nur so. Es sind doch noch einige da. Lebt etwa Filomeno nicht mehr und Dorotea und Melquiades und der alte Prudencio und die alle? Nur, daß sie sich alle nicht aus dem Haus rühren. Tagsüber weiß ich nicht, was sie eigentlich machen. Aber abends bleiben sie schön zu Hause. In der Nacht ist hier alles voll von Gespenstern. Sie sollten diese Haufen von Seelen im Fegefeuer sehen, die da auf den Straßen herumlaufen. Wenn es dunkel wird, kommen sie heraus. Und niemand mag ihnen gerne begegnen. Es sind so viele und wir so wenige. Wir versuchen nicht einmal mehr, für sie zu beten. Unsere Gebete würden nicht für alle reichen. Auf jeden würde vielleicht ein Stückchen Vaterunser kommen, und das nützt ihnen nichts. Und dann kommen noch unsere eigenen Sünden dazu. Keiner von denen, die hier leben, ist im Stande der Gnade. Und wenn einer die Augen zu Gott aufschlägt, dann fühlt er sie schmutzig von Scham. Und Scham macht nichts besser. Wenigstens hat das der Bischof gesagt, der vor einiger Zeit hier durchgekommen ist, um zu firmen. Ich hab mich vor ihn hingestellt und ihm alles eingestanden.

›Dafür gibt es keine Lossprechung!‹ sagte er.
›Ich schäme mich!‹
›Damit ist nichts getan.‹
›Trauen Sie uns!‹
›Marsch, aus dem Weg da!‹
Ich wollte ihm sagen, daß das Leben uns zusammengetan hat, uns ganz fest aneinandergedrängt hat, ihn und mich; daß wir hier so allein waren, nur wir beide, sonst niemand, und das Dorf mußte doch irgendwie weiterleben. Wenn er das nächste Mal herkäme, würde vielleicht schon jemand da sein, den er firmen könne.
›Trennt euch! Das ist das einzige, was man da tun kann.‹
›Aber wie sollen wir leben?‹
›Wie Menschen!‹
Und er ritt auf seinem Maultier davon, mit seinem harten Gesicht, und sah nicht zurück, als ob er das Bild der ewigen Verdammnis hinter sich ließe.
Er ist niemals wieder zurückgekommen. Und darum ist das alles hier voll von Seelen im Fegefeuer, darum strolchen hier all diese Leute herum, die ohne Absolution gestorben sind und sie auch auf keine Art und Weise erhalten können, und schon gar nicht mit unserer Hilfe. Da kommt er. Hören Sie ihn?«
»Ja, ich höre ihn.«
»Das ist er.«
Die Tür ging auf.
»Was ist mit dem Kalb?« fragte sie.
»Heute hat es keine Lust gehabt, sich sehen zu lassen. Aber ich habe seine Spur verfolgt und weiß fast ganz sicher, wohin es regelmäßig kommt. Heute nacht erwische ich es.«
»Wirst du mich nachts allein lassen?«
»Ist schon möglich.«
»Das kann ich nicht aushalten! Du mußt bei mir bleiben! Es sind die einzigen Stunden, in denen ich ruhig bin. Die Nachtstunden.«
»Heute nacht hole ich mir das Kalb.«

»Ich habe eben gehört, daß Sie Geschwister sind«, sagte ich.
»So, so, das haben Sie eben gehört. Ich hab das schon lange vor Ihnen gehört. Also mischen Sie sich da lieber nicht ein. Wir haben's nicht gern, daß man von uns spricht.«
»Ich hab es ja nur gesagt, weil ich das begreifen kann. Aus keinem andern Grunde.«
»Was können Sie begreifen?«
Sie stellte sich neben ihn, lehnte sich an seine Schulter und sagte ebenfalls:
»Was können Sie begreifen?«
»Nichts«, sagte ich. »Ich begreife immer weniger.« Und dann fügte ich hinzu: »Ich möchte gern dahin zurück, woher ich gekommen bin. Ich werde das bißchen Licht, das noch da ist, ausnutzen.«
»Es ist besser, Sie verschieben das«, sagte er. »Warten Sie bis morgen! Es wird gleich dunkel werden, und die Wege sind alle voller Dorngebüsch. Sie könnten sich verirren. Morgen bringe ich Sie bis zu Ihrer Straße.«
»Gut.«

Durch das Loch im Dach sah ich Schwärme von Drosseln vorbeiziehen – Vögel, die gegen Abend fliegen, bevor die Dunkelheit ihnen den Weg versperrt. Dann sah ich ein paar Wolken, schon zerfetzt von dem Wind, der den Tag mit sich nimmt. Dann kam der Abendstern und später der Mond.
Der Mann und die Frau waren nicht da. Sie gingen zu der Tür hinaus, die auf den Hof führte, und als sie zurückkamen, war es schon Nacht. So wußten sie nicht, was sich inzwischen begeben hatte.
Es hatte sich folgendes begeben:
Von der Straße her kam eine Frau ins Zimmer. Eine alte Frau, die wohl schon viele Jahre auf dem Buckel hatte und dürr war wie ein Brett. Sie kam herein und ließ ihre runden Augen durchs Zimmer wandern. Vielleicht dachte sie, daß ich schliefe. Sie ging schnurstracks dahin, wo das Bett stand, und

zog einen Handkoffer darunter hervor. Sie kramte darin herum, nahm ein paar Bettücher unter den Arm und ging auf Zehenspitzen wieder hinaus, wie um mich nicht aufzuwecken.
Ich lag reglos da, hielt den Atem an und bemühte mich, anderswohin zu schauen. Schließlich brachte ich es fertig, meinen Kopf so zu drehen, daß ich dahin sehen konnte, wo Abendstern und Mond beisammen standen.
»Trinken Sie das!« hörte ich.
Ich wagte nicht, mich umzudrehen.
»Trinken Sie das! Es wird Ihnen gut tun. Es ist Orangenblütenwasser. Ich weiß, daß es Sie gruselt, Sie zittern ja. Damit wird Ihnen die Furcht vergehen.«
Ich erkannte die Hände und als ich den Blick hob, erkannte ich auch das Gesicht. Der Mann, der hinter ihr stand, fragte:
»Fühlen Sie sich schlecht?«
»Ich weiß nicht. Ich sehe Dinge und Leute, wo Sie vielleicht gar nichts sehen. Eben war eine Frau hier. Sie hätten sie eigentlich noch sehen müssen, als sie fortging.«
»Komm«, sagte er zu der Frau. »Laß ihn allein. Das wird ein sogenannter ›Prophet‹ sein.«
»Wir müssen ihn ins Bett legen. Sieh mal, wie er zittert, sicher hat er Fieber.«
»Kümmer dich nicht um ihn! Diese Kerle bringen sich künstlich in so einen Zustand, um sich wichtig zu machen. Ich kannte einen auf der Medialuna, der nannte sich Wahrsager. Aber eines hat er nie wahrgesagt, nämlich, daß er sterben würde, wenn der Herr ihm auf die Schliche käme. So eine Sorte Prophet wird der hier wohl auch sein. Diese Burschen ziehen ihr Leben lang durch die Dörfer und warten auf das, ›was die Vorsehung ihnen beschert‹. Aber hier wird er nicht einmal jemanden finden, der ihm was zu essen gibt. Siehst du, daß er schon aufgehört hat zu zittern? Er hört nämlich auf das, was wir reden.«

Die Zeit schien zurückzuweichen. Wieder sah ich den Stern neben dem Mond, die zergehenden Wolken, die Drosseln und gleich darauf das helle Licht des Nachmittags.
Die Wände warfen die Nachmittagssonne zurück. Meine Schritte hallten auf den Steinen wider, und der Maultiertreiber sagte: »Gehen Sie zu Doña Carmen, wenn sie nämlich noch lebt.«
Dann war ich in einem dunkeln Zimmer. Neben mir schnarchte eine Frau. Mir fiel auf, wie unregelmäßig sie atmete, als träumte sie, aber eigentlich war es eher, als ob sie gar nicht schliefe, und nur die Geräusche eines Schlafenden nachahmte. Das Bett war aus geflochtenem Schilf, und darauf lagen Säcke, die nach Urin stanken, als wären sie noch niemals gelüftet worden. Das Kissen war ein Sack aus grobem Baumwollstoff, mit Kapok gefüllt, oder vielleicht war es auch Wolle, die vom Schweiß steinhart geworden war.
»Schlafen Sie nicht?« fragte sie.
»Ich bin nicht müde. Ich hab ja den ganzen Tag geschlafen. Wo ist denn Ihr Bruder?«
»Er ist dahinten hin gegangen. Sie haben ja gehört, wohin er mußte. Vielleicht kommt er heute nacht gar nicht nach Haus.«
»Also ist er doch weggegangen, obwohl Sie es nicht wollten.«
»Ja, und am Ende kommt er überhaupt nie wieder. So haben sie alle angefangen. Ich gehe da hin, ich gehe dort hin. Und dann gingen sie schließlich so weit fort, daß es schon das beste war, gar nicht mehr zurückzukommen. Er hat ja immer schon versucht, hier wegzukommen, und jetzt ist es wohl so weit mit ihm. Genau weiß ich das natürlich nicht, aber vielleicht hat er mich absichtlich mit Ihnen hier allein gelassen, damit Sie jetzt für mich sorgen. Er fand vielleicht, das wäre eine gute Gelegenheit. Das mit dem Kalb war nur ein Vorwand, Sie werden sehen, er kommt nicht mehr zurück.«
Ich wollte sagen: »Ich gehe ein bißchen an die frische Luft, mir ist übel.« Statt dessen sagte ich:
»Machen Sie sich keine Sorgen! Er wird schon wiederkommen.«

Als ich aufstand, sagte sie: »Ich habe in der Küche etwas auf der Glut stehen lassen. Es ist sehr wenig, aber es wird Ihnen den ärgsten Hunger stillen.«
Ich fand ein Stück gesalzenes Fleisch und auf der Glut ein paar Tortillas.
»Das hab ich für Sie besorgen können«, hörte ich sie sagen. »Ich hab es bei meiner Schwester gegen zwei reine Bettlaken eingetauscht, die ich noch von meiner Mutter her aufbewahrt hatte. Sie hat sie wohl hier abgeholt. Ich wollte das nur nicht vor Donis sagen, aber das war die Frau, die Sie gesehen haben und die Ihnen solch einen Schreck eingejagt hat.«
Ein schwarzer Himmel, voller Sterne. Und neben dem Mond der große Stern, der größte von allen.

»Hörst du mich nicht, Mutter?« fragte ich leise.
Und ihre Stimme antwortete mir:
»Wo bist du?«
»Ich bin hier in deinem Dorf. Bei deinen Leuten. Siehst du mich nicht?«
»Nein, mein Sohn, ich sehe dich nicht.«
Ihre Stimme schien alles zu umfassen. Sie verklang jenseits der Erde.
»Ich sehe dich nicht.«

Ich ging zu dem halben Dach zurück, unter dem die Frau lag, und sagte:
»Ich bleibe hier, in meiner Ecke. Das Bett ist ja ebenso hart wie der Boden. Wenn Sie irgendwas wollen, sagen Sie mir Bescheid.«
Sie sagte:
»Donis kommt nicht mehr zurück. Ich hab es ihm an den Augen angesehen. Er hat nur darauf gewartet, daß einmal jemand käme, damit er fortgehen könnte. Jetzt wirst du für mich sorgen. Oder willst du etwa nicht für mich sorgen? Komm her und schlaf mit mir!«

»Ich bin hier ganz gut untergebracht.«
»Du solltest dich lieber ins Bett legen. Da unten werden dich die Zecken auffressen.«
Da stand ich auf und legte mich zu ihr.

Um Mitternacht weckte mich die Hitze auf. Und der Schweiß. Der Körper der Frau, aus Erde gemacht, in Erdkrusten eingehüllt, löste sich auf, es war, als zerginge er in einer Schmutzlache. Ich fühlte, wie der Schweiß mich umspülte, der in Strömen von ihr floß, und mir fehlte die Luft zum Atmen. Da stand ich auf. Die Frau schlief. Aus ihrem Mund kam ein blasendes Geräusch, wie Röcheln.
Ich ging auf die Straße hinaus, um Luft zu atmen. Aber die Hitze verfolgte mich und ließ mich nicht los.
Es war keine Luft mehr da. Nur die schwere, ruhige Nacht, die heiße Nacht der Hundstage.
Es war keine Luft mehr da. Die Luft, die ich einzog, war dieselbe, die aus meinem Munde kam, und ich mußte sie mit den Händen festhalten, damit sie nicht entweiche. Ich fühlte sie kommen und gehen, und es wurde immer weniger. Zum Schluß war sie so dünn, daß sie mir zwischen den Fingern zerrann und fort war, für immer. Ich sage, für immer.
Ich erinnere mich, daß ich irgend etwas sah wie schaumige Wolken, die über meinem Kopf herumwirbelten und daß ich mich dann in diesem Schaum abspülte und in dem Wolkigen unterging. Das war das letzte, was ich sah.

»Willst du mir einreden, Juan Preciado, daß du erstickt bist? Ich fand dich auf dem Hauptplatz, sehr weit weg von Donis' Haus, und er stand neben mir und sagte, daß du dich tot stelltest. Zu zweit schleiften wir dich in den Schatten der Arkaden, da warst du schon ganz steif und so verkrampft wie die Toten, die sich zu Tode geängstigt haben. Wäre in dieser Nacht, von der du sprichst, keine Luft mehr zum Atmen dagewesen, woher hätten wir dann die Kraft genommen, dich fortzutragen und dich auch noch zu begraben? Und du siehst ja, daß wir dich begraben haben.«

»Du hast recht, Doroteo. Doroteo hast du doch gesagt, daß du heißt, nicht?«

»Es ist gleich. Mein Name ist zwar Dorotea, aber das ist wirklich ganz gleich.«

»Es ist wahr, Dorotea. Das Flüstern hat mich getötet.«

Mein Sohn, dort wirst du mein Zuhause finden, den Ort, den ich liebgehabt habe. Wo ich vom Träumen mager wurde. Mein Dorf, wie es aufragt, inmitten der Ebene! Voller Bäume und Blätter, wie eine bunte Truhe, in der wir unsere Andenken aufbewahren. Da wirst du fühlen, daß man dort für alle Ewigkeit bleiben möchte. Sonnenaufgang, Morgen, Mittag und Abend, alles ist immer gleich, einen Tag wie den andern, nur die Luft ist immer verschieden. Dies Dorf, wo die Dinge mit der Luft ihre Farbe ändern, wo das Leben hindurchstreicht, als wäre es nur ein Rauschen, als wäre es nur ein Flüstern, nur ein Hauch vom Leben...«

»Ja, Dorotea, das Flüstern hat mich getötet. Aber die Angst saß schon seit langem in mir, und sie wurde immer stärker, bis ich es schließlich nicht mehr ertrug. Und als ich dann in das Geflüster hineingeriet, da gab es mir den letzten Stoß.

Ich kam auf den Platz, du hast ganz recht. Das Stimmengewirr hatte mich hingelockt, ich glaubte, es wären wirklich Leute da. Da war ich schon nicht mehr ganz bei Sinnen. Ich erinnere mich, daß ich mich an den Wänden festhielt, als ginge ich auf den Händen. Und aus den Wänden schien das Flüstern zu kommen, zwängte sich hindurch zwischen Spalten und Rissen im Mauerwerk. Ich hörte es wohl. Es waren Menschenstimmen, aber ich hörte sie nicht deutlich, sondern geheimnisvoll abgedämpft, so als ob sie mir im Vorübergehen etwas zuflüsterten oder als ob sie in meine Ohren hineinsummten. Ich entfernte mich von den Mauern und ging in der Mitte der Straße weiter. Aber ich hörte sie genauso wie vorher, als wären sie mitgekommen und gingen vor oder hinter mir. Mir

war nicht heiß, wie ich vorhin gesagt habe, sondern eher kalt. Seit ich aus dem Haus dieser Frau gekommen war, die mich in ihr Bett genommen, und seit ich gesehen hatte, wie sie in ihrem Schweiß zerging, ich hab es dir ja vorhin erzählt, seitdem war mir kalt. Und je weiter ich ging, desto mehr nahm die Kälte zu. Ein Schauer überlief mich. Ich wollte zurück, weil ich dachte, daß ich die Wärme wiederfinden könnte, die ich hinter mir gelassen hatte. Aber nach ein paar Schritten merkte ich, daß die Kälte aus mir selbst herauskam, aus meinem eigenen Blut. Da begriff ich, daß es das Grausen war, das mich gepackt hielt. Und in diesem Augenblick hörte ich den großen Lärm auf dem Platz und dachte, daß mir unter den Leuten die Furcht vergehen würde. So kam es, daß ihr mich dort gefunden habt. Donis ist also doch zurückgekommen? Die Frau war sicher, daß sie ihn niemals mehr zu Gesicht bekommen würde.«
»Es war schon gegen Morgen, als wir dich fanden. Er kam Gott weiß woher. Ich hab ihn nicht danach gefragt.«
»Schön, also ich kam auf den Platz. Ich lehnte mich an einen Pfeiler der Arkaden. Ich sah, daß niemand da war, aber das Stimmengewirr, wie von vielen Leuten am Markttag, das hörte ich immer weiter. Es war ein gleichmäßiges, klangloses Geräusch, wie wenn der Wind nachts in den Zweigen eines Baumes rauscht, wenn man den Baum nicht sieht und die Zweige nicht sieht, aber man hört das Rauschen. Ganz so war es. Ich blieb stehen. Ich fühlte, daß es näher und näher kam und wie ein Schwarm Bienen um meinen Kopf herumsummte. Schließlich konnte ich einzelne, fast tonlose Worte unterscheiden. ›Bitt für uns.‹ Diese Worte hörte ich. Da erstarrte mir das Blut in den Adern. So kam es, daß ihr mich tot aufgefunden habt.«
»Wärst du doch nie aus deiner Heimat fortgegangen! Wozu bist du eigentlich hergekommen?«
»Das hab ich dir doch gleich zu Anfang gesagt. Ich kam her, um Pedro Páramo aufzusuchen, der ja mein Vater gewesen sein soll. Eine Illusion hat mich hergeführt.«

»Eine Illusion? Das muß man teuer bezahlen. Ich habe damit bezahlt, daß ich länger gelebt habe, als man eigentlich lebt. Damit habe ich die Schuld bezahlt, daß ich dieses Kind fand, das auch nur eine Illusion war. Denn ich habe ja nie ein Kind gehabt. Jetzt, wo ich tot bin, habe ich mir Zeit genommen, über alles nachzudenken und mir alles klar zu machen. Nicht einmal ein Nest, damit ich es hege, gab mir Gott. Nur dies lange, elende Leben, das ich gehabt habe, und meine traurigen Augen, die ich dahin trug und dorthin, die immer mit schiefem Blick auf die Leute sahen, so als suchten sie etwas hinter ihnen, voller Mißtrauen, daß einer mir mein Kind versteckt haben könnte. Und all das kam von einem verdammten Traum. Ich habe zwei Träume gehabt, einen nenne ich den ›verdammten‹ und den andern den ›gesegneten‹. Im ersten träumte mir, daß ich ein Kind bekam. Und so lange ich lebte, habe ich immer geglaubt, es wäre wahr. Ich fühlte es ja in meinen Armen, ganz weich, lauter Mund und Augen und Hände. Lange Zeit spürten meine Finger noch die Berührung seiner schlafenden Augen und seines klopfenden Herzens. Wie sollte ich da nicht glauben, daß es wahr wäre! In mein Tuch eingewickelt trug ich es mit mir herum, wo immer ich ging, und plötzlich verlor ich es. Im Himmel erfuhr ich, daß mit mir ein Irrtum geschehen war: man hatte mir das Herz einer Mutter und den Schoß einer Hure gegeben. Das war der andere Traum, den ich hatte. Ich kam bis zum Himmel und schaute hinein, um zu sehen, ob ich unter den Engeln nicht das Gesicht meines Kindes erkennen könnte. Aber damit war es nichts. Alle Gesichter waren gleich, in der selben Gußform gemacht. Da fragte ich. Einer von den Heiligen kam zu mir, und, ohne ein Wort zu sagen, steckte er seine Hände tief in meinen Bauch hinein, so als steckte er sie in ein Stück Wachs. Als er sie wieder herauszog, zeigte er mir etwas, das wie eine Nußschale aussah: ›Das bezeugt das, was dich beweist.‹
Du weißt ja, wie komisch sie da oben sprechen. Aber man versteht sie doch. Ich wollte ihnen sagen, daß das nur mein

Magen wäre, der so eingeschrumpft wäre vom Hunger und vom Zuwenigessen. Aber ein anderer Heiliger nahm mich bei den Schultern und zeigte mir die Ausgangstür: ›Geh nun, und ruh dich noch etwas auf der Erde aus, meine Tochter, und versuche, gut zu sein, damit dein Fegefeuer nicht solange dauert.‹
Das war der ›gesegnete‹ Traum, den ich hatte, und daraus schloß ich, daß ich nie ein Kind gehabt hatte. Ich erfuhr das erst sehr spät, als mein Körper schon ganz klein war, als das Rückgrat mir über den Kopf stieg, als ich nicht mehr gehen konnte. Zu alledem kam, daß das Dorf allmählich leer wurde, alle zogen fort, nach anderen Gegenden, und mit ihnen zog die Wohltätigkeit, von der ich gelebt hatte. Ich setzte mich hin und wartete auf den Tod. Dann, nachdem wir dich gefunden hatten, beschlossen meine Knochen, sich ganz ruhig zu verhalten. ›Niemand wird sich um mich kümmern‹, dachte ich. ›Ich bin etwas, was niemanden stört.‹ Du siehst, nicht einmal in der Erde nehme ich Platz weg. Man hat mich in deinem Grab beerdigt, und ich paßte sehr gut in die Höhlung deiner Arme hinein, hier in diese Ecke, wo ich jetzt liege. Nur fällt mir eben ein, daß es eigentlich richtiger wäre, wenn ich dich in meinen Armen hielte. Hörst du? Da draußen regnet es. Fühlst du nicht, wie der Regen aufschlägt?«
»Ich fühle, daß jemand über uns herumgeht.«
»Laß doch die Angst! Jetzt brauchst du vor niemandem mehr Angst zu haben. Versuche lieber, an etwas Angenehmes zu denken, denn wir werden lange Zeit begraben sein.«

Als es Morgen wurde, fielen dicke Regentropfen auf die Erde. Es klang hohl, wenn sie sich in den weichen, losen Sand der Furchen bohrten. Ein Spottvogel flog dicht am Boden vorbei und ahmte das Wimmern eines Kindes nach. Etwas weiter weg, wo der Horizont sich öffnete, hörte man erst ein Aufstoßen und dann ein großes Gelächter. Gleich darauf fing er wieder an zu wimmern.
Fulgor Sedano spürte den Geruch der Erde und schaute hin-

aus, um zu sehen, wie der Regen in die Furchen eindrang. Seine kleinen Augen freuten sich. In drei tiefen Zügen sog er die Luft ein, dann lächelte er, daß man seine Zähne sah.
»Großartig!« sagte er. »Da können wir uns wieder auf ein gutes Jahr gefaßt machen. Komm her, lieber Regen, laß dich schön fallen, bis du müde wirst! Nachher verzieh dich da hinten hin! Vergiß nicht, daß wir das ganze Land gepflügt haben, nur damit du dir einen guten Tag machen kannst!«
Und er lachte laut auf.
Der Spottvogel, der über die Felder geflogen war, kam dicht an ihm vorbei und jammerte herzzerreißend.
Es regnete heftiger, und da hinten, wo es gerade Morgen wurde, zogen die Wolken sich zusammen, so daß es aussah, als kehrte die Dunkelheit wieder zurück, die eben erst gewichen war.
Das große Tor der Medialuna, naß vom Wind, quietschte, als es sich öffnete. Zwei Männer ritten heraus, dann wieder zwei und wieder zwei, bis es zweihundert waren. Sie verstreuten sich auf den verregneten Feldern.
»Treibt das Vieh von Enmedio hinter den Platz, wo früher Estagua war und das von Estagua auf die Hügel von Vilmayo. Aber schnell, sonst kommt uns der Regen auf den Kopf!« befahl Fulgor, während sie herausgeritten kamen.
Er wiederholte es so oft, daß er zu den letzten nur noch sagte: »Von hier nach da und von da nach dort.«
Alle führten die Hand an den Hut, zum Zeichen, daß sie verstanden hätten.
Eben war der letzte Mann draußen, da kam Miguel Páramo in vollem Galopp angeritten, sprang, ohne anzuhalten, direkt vor Fulgors Nase ab und ließ das Pferd allein seine Krippe suchen.
»Na, Junge, woher kommst du denn um diese Zeit?«
»Vom Melken.«
»Welche hast du denn gemolken?«
»Das rätst du nicht.«

»Wird wohl Dorotea, auch ›das Klappergestell‹ genannt, gewesen sein. Das ist die einzige, die Babys gerne hat.«
»Du bist ein Idiot, Fulgor, aber du kannst nichts dafür.«
Und ohne sich die Sporen abzuschnallen, ging er in die Küche, um sich sein Frühstück geben zu lassen.
In der Küche fragte ihn Damiana dasselbe:
»Wo bist du denn gewesen, Miguel?«
»Bei den Weibern.«
»Ich hab dich ja nicht ärgern wollen. Verzeih die Frage! Wie willst du die Eier haben?«
»So wie du sie gerne hast!«
»Miguel, spreche ich nicht höflich mit dir?«
»Schon gut, Damiana, mach dir nichts draus! Hör mal, kennst du eine gewisse Dorotea, auch ›das Klappergestell‹ genannt?«
»Natürlich. Wenn du sie sehen willst, da draußen ist sie gerade. Sie steht immer früh auf, um sich hier ihr Frühstück zu holen. Das ist so eine, weißt du, die trägt ein Bündel Lappen in ihrem Umschlagetuch und wiegt es und sagt, es ist ihr Kind. Der muß wohl mal was Schlimmes passiert sein, als sie noch jung war. Aber da sie niemals den Mund auftut, weiß keiner, was ihr eigentlich passiert ist. Sie lebt von Almosen.«
»Verfluchter Alter! Dem werd ich mal eins auswischen, daß ihm Hören und Sehen vergeht!«
Dann dachte er darüber nach, ob diese Frau ihm nicht vielleicht nützlich sein könnte. Und plötzlich, seiner Sache ganz sicher, ging er zum hinteren Ausgang der Küche und rief Dorotea.
»Du da, komm mal her! Ich hab was mit dir abzumachen.«
Um was für eine Abmachung es sich handelte, steht nicht fest, aber jedenfalls rieb er sich die Hände, als er wieder hereinkam.
»Her mit den Eiern!« rief er Damiana zu. »Und von heute ab gibst du der Frau da dasselbe zu fressen wie mir, und wenn du vor Geiz krepierst!«
Inzwischen war Fulgor auf dem Weg zur Scheune, um nach-

zusehen, wieviel von den aufgehäuften Maisvorräten noch da wäre. Er war besorgt, es könnte schon zuviel verbraucht sein, denn an Ernte war noch nicht zu denken. Genau genommen, hatte man eben erst gesät. »Ich werde zusehen, daß es reicht«, dachte er. »Dieser Bengel! Ganz der Vater! Nur, daß er zu früh anfängt. Wenn er so weiter macht, fürchte ich, wird nichts aus ihm werden. Da hab ich doch ganz vergessen, ihm von den Leuten zu sagen, die gestern hier waren und ihn beschuldigt haben, daß er einen umgebracht hat. Wenn er so weiter macht...«

Er seufzte und überlegte gerade, wo die Viehhirten jetzt sein mochten, als Miguels junger Fuchs, der sich das Maul an der Mauer scheuerte, seine Aufmerksamkeit auf sich zog. »Nicht mal abgesattelt hat er ihn!«, dachte er. »Und er wird es auch nicht tun. Da ist Don Pedro doch rücksichtsvoller, und überhaupt hat er doch Zeiten, wo er ganz vernünftig ist. Nur daß er den Miguel so schrecklich verzieht! Gestern hab ich ihm mitgeteilt, was sein Sohn da angerichtet hat, und er hat mir geantwortet: ›Nimm an, ich bin es gewesen, Fulgor! Er kann sowas noch gar nicht machen. Dazu hat er noch nicht Kraft genug, um jemanden umzubringen. Dazu muß man Verschiedenes so groß haben!‹ Und er zeigte mit den Händen die Größe eines Kürbisses. »Bei allem, was er ausfrißt, nimm an, ich wär's gewesen!«

»Miguel wird Ihnen noch viel Kopfschmerzen machen, Don Pedro. Er ist ein Raufbold.«

»Laß ihn sich die Hörner abstoßen! Er ist fast noch ein Kind. Wie alt ist er geworden? Er muß jetzt siebzehn sein, nicht, Folgor?«

»Wohl möglich. Mir kommt es vor, als wäre es gestern gewesen, daß man ihn Ihnen hergebracht hat. Aber er ist so wild und lebt so schnell, daß ich manchmal denke, er läuft mit der Zeit um die Wette. Und schließlich wird er verlieren, das sollen Sie sehen.«

»Er ist ja noch ein Kind, Fulgor.«

»Das ist alles schön und gut, Don Pedro. Aber die Frau, die gestern hier ankam und behauptete, daß Miguel ihren Mann umgebracht hat, die war ganz und gar verzweifelt. Ich kann sehen, ob jemand traurig ist. Und diese Frau, die war halb von Sinnen vor Verzweiflung. Ich hab ihr fünfzig Hektoliter Mais versprochen, und sie soll die Geschichte vergessen. Aber sie wollte nicht. Dann hab ich ihr angeboten, daß wir den Schaden auf irgendeine andere Weise wieder gutmachen, aber sie wollte auf nichts eingehen.«
»Wer ist es denn?«
»Leute, die ich nicht kenne.«
»Dann brauchst du dir auch keine grauen Haare darum wachsen zu lassen. Diese Leute existieren nicht.«
Fulgor ging in die Scheune und spürte die Wärme des Maises. Er nahm ein paar Kolben in die Hand, um sich zu vergewissern, daß sie nicht vom Kornwurm angefressen wären. Dann maß er mit den Augen die Höhe des Haufens. »Es wird viel ausgeben«, sagte er. »Und sobald das Gras hoch ist, brauchen wir den Mais nicht mehr an das Vieh zu verfüttern. Es ist reichlich genug da.«
Als er zurückkam, sah er zum Himmel hinauf, der voller Wolken war.
»Vorläufig wird's erst mal weiterregnen.« Und dann vergaß er alles andere.

»Dort draußen scheint das Wetter umgeschlagen zu haben. Meine Mutter erzählte immer, daß, sobald es anfing zu regnen, gleich alles voll Licht war und voll von dem grünen Duft der jungen Triebe. Und dann erzählte sie, wie es war, wenn die Wolkenflut herangezogen kam und auf die Erde niederbrauste und sie aufwühlte, und wie die Erde dann andere Farben bekam... Hier in diesem Dorf hat sie doch ihre Kindheit und ihre besten Jahre verlebt, und dann ist sie nie wieder zurückgekommen, nicht einmal, um hier zu sterben. Selbst dazu hat sie mich an ihrer Statt hergeschickt. Merkwürdig, Dorotea,

daß ich den Himmel gar nicht gesehen habe! Der wenigstens müßte doch noch derselbe sein, den sie gesehen hat.«
»Ich weiß nicht, Juan Preciado. Ich hatte so viele Jahre nicht hinaufgeschaut, daß ich den Himmel vergaß. Und wenn ich es auch getan hätte, was hätte es mir genützt? Der Himmel ist so hoch, und in meinen Augen war so wenig Blick, daß es mir genügte zu wissen, wo die Erde war. Außerdem verlor ich jedes Interesse daran seit dem Tag, an dem der Pfarrer mir sagte, daß ich niemals in den Himmel kommen würde. Nicht mal von ferne würde ich ihn zu sehen bekommen ... Wegen meiner Sünden natürlich, aber er hätte es mir doch nicht sagen sollen. Schon so ist das Leben schwer zu tragen. Das einzige, was einen noch auf den Beinen hält, ist die Hoffnung, daß man anderswohin kommt, wenn man stirbt. Aber wenn einem eine Tür zugeschlagen wird, und die, die aufbleibt, ist die Tür zur Hölle, dann wäre es schon am besten, man wäre nie geboren worden ... Da, wo ich jetzt bin, Juan Preciado, das ist für mich der Himmel.«
»Und deine Seele? Wohin, glaubst du, ist sie gekommen?«
»Die wird wohl auf der Erde umherirren, wie so viele andere, und lebendige Menschen suchen, die für sie beten. Vielleicht haßt sie mich, weil ich sie so schlecht behandelt habe, aber das kümmert mich nicht mehr. Jetzt hab ich endlich Ruhe vor ihren ewigen Vorwürfen. Sie vergällte mir noch mein bißchen Essen und machte mir die Nächte unerträglich mit unruhigen Gedanken und Bildern von Verdammten und lauter solchen Dingen. Als ich mich niedersetzte um zu sterben, da bat sie mich, ich möchte doch wieder aufstehen und mein Leben weiter hinschleppen. Vielleicht hoffte sie noch auf ein Wunder, das mich von meinen Sünden befreien würde. Ich versuchte es nicht einmal mehr. Hier endet der Weg, sagte ich zu ihr. Ich habe keine Kraft mehr. Und ich öffnete den Mund, damit sie hinaus könnte. Da verließ sie mich. Ich fühlte es, wie der kleine Faden Blut auf meine Hände fiel, mit dem sie an meinem Herzen festgebunden war.«

Es klopfte an seiner Tür. Aber er antwortete nicht. Er hörte, daß an alle Türen geklopft und die Leute aufgeweckt wurden. Fulgor – er erkannte ihn an seinem Schritt – lief auf das Tor zu, blieb einen Augenblick stehen, als wollte er noch einmal anklopfen, und lief dann weiter.
Stimmengewirr. Schleppende, langsame Schritte, wie von Leuten, die etwas Schweres tragen. Wirre Geräusche.
Der Tod seines Vaters kam ihm in den Sinn. Das war auch in der Morgendämmerung gewesen, aber damals stand die Tür offen, und durch sie hindurch sah man die graue Farbe eines traurigen Himmels, der aussah, als wäre er aus Asche. Und da war eine Frau, die sich an die Tür lehnte und das Weinen zurückhielt, eine Mutter, die er schon vergessen und immer wieder vergessen hatte und die zu ihm sagte: »Man hat deinen Vater umgebracht.« Sie sagte es mit einer zerbrochenen, zerstückelten Stimme, die nur noch der Faden des Schluchzens zusammenhielt.
Er hatte sich immer gegen diese Erinnerung gesträubt, denn mit ihr kamen andere, und das war, wie wenn man ein Loch in einen prallen Sack riß und dann die Körner festhalten wollte. Da war die Ermordung seines Vaters und in ihrem Gefolge andere Morde, und in jedem kehrte das Bild des zerfetzten Gesichtes wieder, in dem ein Auge zerstört war und das andere Rache forderte. Noch einer und noch einer und wieder einer, bis er schließlich diesen Tod aus seinem Gedächtnis gelöscht hatte, weil niemand mehr da war, der ihn daran erinnern konnte.
»Legt ihn hierher! Nein, nicht so! Mit dem Kopf nach hinten! Du da, worauf wartest du eigentlich?«
Alles wurde mit leiser Stimme gesprochen.
»Und er?«
»Er schläft. Weckt ihn nicht auf! Macht keinen Lärm!
Da stand er, riesenhaft, und sah zu, wie die Leute sich abmühten, eine Last ins Haus zu schaffen, ein Bündel, in alte Säcke gehüllt, wie in ein Leichentuch, und mit dicken Stricken verschnürt.

»Wer ist es?« fragte er.
Fulgor ging nahe an ihn heran und sagte:
»Es ist Miguel, Don Pedro.«
»Was hat man ihm getan?« schrie er und hörte schon die Antwort: »Er ist ermordet worden«, und schon flammte seine Wut auf, schon ballte sich Rachsucht in ihm zusammen. Da hörte er Fulgors sanfte Stimme:
»Niemand hat ihm etwas getan. Er hat allein den Tod gefunden.«
Petroleumlampen erleuchteten die Nacht.
»Das Pferd hat ihn getötet«, fügte jemand beflissen hinzu.
Die Matratze wurde auf den Boden geworfen. Dann legte man ihn auf sein Bett, auf die nackten Bretter. Vorher hatte man die Stricke abgenommen, an denen man ihn ins Haus gezogen hatte. Man legte ihm die Hände auf die Brust und bedeckte sein Gesicht mit einem schwarzen Tuch. »Er sieht älter aus als er war«, dachte Fulgor Sedano.
Pedro Páramos Gesicht war ausdruckslos, wie abwesend. In langen Reihen zogen seine Gedanken über ihn hin, aber sie fügten sich nicht zusammen und verbanden sich zu keinem Sinn. Schließlich sagte er:
»Ich fange an zu zahlen. Besser, daß man früh anfängt, um so schneller ist man damit fertig.«
Er fühlte keinen Schmerz.
Als er zu den Leuten sprach, die im Hof zusammenstanden, um ihnen für ihre Teilnahme zu danken, und seine Stimme sich gegen das Geplärre der Frauen durchsetzte, da ging sein Atem ruhig und er stockte nicht.
Danach hörte man als einziges Geräusch in dieser Nacht nur noch das Scharren von Miguels jungem Fuchs.
»Morgen läßt du das Pferd töten, damit es nicht weiter leidet«, befahl er Fulgor Sedano.
»Gut, Don Pedro. Ich verstehe das. Das arme Tier! Es ist ganz verzweifelt.«
»Auch ich verstehe das so, Fulgor. Und sag diesen Frauen

noch, daß sie nicht solchen Skandal verursachen, das ist viel Lärm für meinen Toten. Wenn es der ihre wäre, heulten sie nicht mit dieser Hingabe.«

Der Pfarrer sollte sich noch viele Jahre später der Nacht erinnern, in der er auf seinem harten Bett wachlag und es ihn dann ins Freie hinaustrieb. Es war die Nacht, in der Miguel Páramo umkam.
Er lief durch die einsamen Gassen von Comala und verscheuchte mit seinen Schritten die Hunde, die im Unrat herumschnüffelten. Er kam bis an den Fluß und sah zu, wie die Sternschnuppen, die vom Himmel fielen, sich im Stauwasser spiegelten.
Viele Stunden blieb er dort, kämpfte mit seinen Gedanken und versenkte sie in dem schwarzen Wasser des Stromes.
»Die Sache fing damit an«, dachte er, »daß Pedro Páramo aus dem Nichts, das er gewesen war, zu einer Macht wurde. Er wuchs wie Unkraut. Das Schlimme an der Sache ist, daß ich es war, dem er alles zu verdanken hatte. Die Frauen kamen und beichteten mir. ›Ich armer sündiger Mensch klage mich an, daß ich gestern mit Pedro Páramo geschlafen habe.‹ – ›... klage mich an, daß ich ein Kind von Pedro Páramo bekommen habe.‹ – ›... daß ich meine Tochter dem Pedro Páramo zugeführt habe.‹ Ich wartete immer darauf, daß er selber einmal zur Beichte kommen würde. Aber er ist niemals gekommen. Und mit diesem Sohn, den er bekam, reichte seine Schlechtigkeit noch weiter, über ihn selbst hinaus. Gott weiß, warum er ihn überhaupt anerkannte. Aber Tatsache ist, daß ich es gewesen bin, der dieses Werkzeug in seine Hand gelegt hat.«
Er erinnerte sich sehr genau des Tages, an dem er ihm den Neugeborenen gebracht hatte. Er hatte ihm sagt:
»Don Pedro, die Mutter ist bei der Geburt gestorben. Sie hat gesagt, daß es Ihr Sohn ist. Hier haben Sie ihn.«
Und Pedro hatte keinen Augenblick gezweifelt. Er sagte nur:

»Und warum behalten Sie ihn nicht, Hochwürden? Machen Sie einen Pfarrer aus ihm!«
»Bei diesem Blut, das er in sich hat, möchte ich die Verantwortung nicht übernehmen.«
»Glauben Sie wirklich, daß mein Blut verdorben ist?«
»Ja, das glaube ich wirklich, Don Pedro.«
»Und ich werde Ihnen beweisen, daß das nicht stimmt. Lassen Sie ihn mir hier! Hier sind genügend Leute, die ihn aufziehen können.«
»Das war auch mein Gedanke. Wenn er bei Ihnen ist, wird wenigstens für ihn gesorgt werden.«
Der Kleine, so winzig er war, krümmte sich wie eine Natter.
»Damiana, sorg für das da! Es ist mein Sohn.«
Dann hatte er eine Flasche aufgemacht.
»Ich leere dieses Glas auf die Verstorbene und auf Sie, Hochwürden!«
»Und auf ihn nicht?«
»Auf ihn auch, warum denn nicht?«
Er schenkte noch ein Glas voll, und beide tranken auf die Zukunft des Kindes.
So war es gewesen.
Die ersten Karren auf dem Weg zur Medialuna fuhren vorbei. Er kauerte sich nieder und versteckte sich hinter der Einfassungsmauer, die sich am Ufer hinzog. »Vor wem versteckst du dich?« fragte er sich.
»Guten Tag, Hochwürden«, rief ihm jemand zu.
Er stand auf und antwortete:
»Guten Tag. Der Herr sei mit dir!«
Die Lichter des Dorfes erloschen. Der Fluß füllte sein Wasser mit leuchtenden Farben.
»Ist das Sechs-Uhr-Läuten schon gewesen, Hochwürden?«
»Es muß schon viel später sein«, antwortete er. Und er ging in entgegengesetzter Richtung davon, um nicht aufgehalten zu werden.

»Wohin so früh, Hochwürden?«
»Wo ist der Sterbende, Hochwürden?«
»Ist in Contla jemand gestorben, Hochwürden?«
Er hätte ihnen antworten mögen: »Der Tote bin ich.« Aber er lächelte nur.
Als er das Dorf hinter sich gelassen hatte, beschleunigte er seine Schritte.
Es war spät am Vormittag, als er zurückkam.
»Wo warst du, Onkel?« fragte seine Nichte Anna. »Es sind viele Frauen hier gewesen, die beichten wollten, weil morgen Freitag, der erste, ist.«
»Sie sollen abends wiederkommen.«
Er setzte sich müde auf eine Bank und schwieg.
»Wie kühl die Luft ist! Nicht wahr, Anita?«
»Aber Onkel, es ist heiß!«
»Das fühle ich nicht.«
Er wollte durchaus nicht daran denken, daß er in Contla gewesen war, daß er dort vor seinem Beichtvater die Generalbeichte abgelegt, und daß ihm dieser trotz seiner Bitten die Absolution verweigert hatte.
»Dieser Mann, dessen Namen du nicht nennen willst, hat deine Kirche zugrunde gerichtet, und du hast es zugelassen. Was kann man da noch von dir erwarten? Was hast du aus deinem göttlichen Auftrag gemacht? Ich will gerne glauben, daß du gut bist und daß dort alle dich achten. Aber Gutsein allein genügt nicht. Die Sünde ist nicht gut, und um die Sünde auszutilgen, muß man hart und mitleidslos sein. Ich will gerne glauben, daß dort alle fromm sind, aber doch nicht, weil du ihren Glauben aufrecht erhältst. Sie glauben einfach aus Aberglauben und aus Furcht. Ich will soweit gehen, daß ich die Armut berücksichtige, in der du lebst, und all die Plage und Sorge, die du jeden Tag auf dich nimmst, um deine Pflicht zu erfüllen. Ich weiß, wie schwer unsere Aufgabe in diesen armen Dörfern ist, in die wir verbannt sind. Aber gerade deshalb habe ich das Recht, dir dies zu sagen: es geht nicht an,

daß wir unser Amt zugunsten von ein paar Leuten ausüben und ihnen für ein bißchen Geld unsere Seelen verkaufen. Wenn deine Seele erst einmal in ihren Händen ist, was kannst du dann noch tun, um besser zu sein als die, die besser sind als du! Nein, Bruder, meine Hände sind nicht rein genug, um dir die Absolution zu erteilen. Du mußt sie anderswo suchen.«
»Wollen Sie damit sagen, Bruder, daß ich dort weggehen soll?«
»Ja, Bruder, du mußt dort weggehen. Du kannst nicht weiter die Messe lesen, wenn du selber im Stand der Sünde bist.«
»Und wenn ich meines Amtes enthoben werde?«
»Vielleicht verdienst du es. Das mußt du ihrem Urteil überlassen.«
»Könnten Sie nicht... sagen wir provisorisch... Ich muß die Letzte Ölung spenden, die Kommunion erteilen... Es sterben soviele in meinem Dorf, Bruder!«
»Laß Gott die Toten richten, Bruder!«
»Sie wollen also nicht...?«
Und der Pfarrer von Contla hatte nein gesagt.
Nachher gingen die beiden in den von Azaleen beschatteten Galerien des Pfarrhauses auf und ab. Dann setzten sie sich unter ein Laubdach, an dem Trauben reiften.
»Sie sind sauer, Bruder«, kam der Pfarrer der Frage zuvor, die er gerade an ihn richten wollte. »Wir leben hier in einer Gegend, in der dank der göttlichen Vorsehung alles gedeiht. Aber alles gedeiht sauer. Dazu sind wir verdammt.«
»Sie haben recht, Bruder. Dort in Comala habe ich versucht, Reben zu pflanzen, aber sie gedeihen nicht. Nur Arrayanes und Apfelsinen gedeihen dort. Saure Apfelsinen und saure Arrayanes. Ich hab schon vergessen, wie süße Dinge schmecken. Wissen Sie noch die Guayabas, die wir im Seminar hatten? Die Pfirsiche, die Mandarinen, auf die man nur zu drücken brauchte, und schon fiel die Schale ab? Ich hatte etwas Samen hierher mitgebracht, wenig, nur ein kleines Säckchen voll. Spä-

ter habe ich gedacht, ich hätte ihn lieber dort lassen sollen, wo er sich entwickelt hätte, hier ist er ja doch nur eingegangen.«
»Und dabei sagt man, daß die Erde von Comala gut ist. Schade, daß sie in der Hand eines einzigen Mannes ist! Pedro Páramo ist ja wohl noch der Besitzer, nicht?«
»So ist es nach Gottes Ratschluß.«
»Ich glaube kaum, daß in diesem Fall Gottes Ratschluß im Spiel ist. Was hälst du davon?«
»Ich habe manchmal daran gezweifelt. Aber die Leute dort sind dieser Meinung.«
»Und du teilst sie?«
»Ich bin ein armer Teufel, der immer bereit ist, sich zu demütigen, wenn er nicht anders kann.«
Dann hatten sie sich verabschiedet. Er hatte dem Pfarrer von Contla die Hände geküßt. Aber jetzt, wo er wieder in die Wirklichkeit zurückgekehrt war, jetzt zog er es vor, nicht weiter an diesen Morgen zu denken.
Er stand auf und ging zur Tür.
»Wohin gehst du, Onkel?«
Da war sie schon wieder, seine Nichte Anita, immer war sie da, immer dicht bei ihm, als suchte sie in seinem Schatten Schutz vor dem Leben.
»Ich will ein bißchen gehen, Anita. Am liebsten krepierte ich!«
»Fühlst du dich schlecht?«
»Ja, schlecht! Wie ein schlechter Mensch!«
Er ging zur Medialuna und sprach Pedro Páramo sein Beileid aus. Er mußte wieder anhören, wie Pedro seinen Sohn entschuldigte wegen der Dinge, die man ihm zur Last gelegt hatte. Er ließ ihn reden. Jetzt war sowieso alles gleich. Dagegen lehnte er die Einladung ab, mit ihm zu Mittag zu essen.
»Ich kann nicht, Don Pedro, ich muß früh in der Kirche zurück sein, es warten schon eine Menge Frauen vor dem Beichtstuhl auf mich. Ein anderes Mal gerne!«
Ohne sich weiter aufzuhalten, marschierte er zurück, und als

es Abend wurde, ging er so wie er war, in seinem Staub und Jammer, direkt in die Kirche.
Er setzte sich sich in den Beichtstuhl.
Die erste, die darankam, war die alte Dorotea, die immer schon dastand und wartete, wenn die Kirchentür geöffnet wurde.
Er merkte, daß sie nach Alkohol roch. »Was ist denn das? Jetzt betrinkst du dich schon? Seit wann?«
»Das kommt nur, weil ich bei Miguelitos Totenwache war, Hochwürden, und da hab ich eins über den Durst getrunken. Die haben mir soviel eingeschenkt, daß ich den Hanswurst gemacht habe.«
»Ein Hanswurst bist du ja immer gewesen, Dorotea.«
»Aber heute bringe ich Sünden mit, Hochwürden. Einen ganzen Haufen!«
Er hatte schon öfters zu ihr gesagt: »Dorotea, komm nicht zur Beichte! Du nimmst mir nur die Zeit weg. Du kannst ja keine Sünde mehr begehen, selbst wenn du gerne möchtest. Überlaß das den anderen!«
»Heute ist es wirklich wahr, Hochwürden.«
»Also sprich!«
»Da ich ihm ja jetzt nicht mehr schaden kann, will ich Ihnen sagen, daß ich es gewesen bin, die dem verstorbenen Miguelito Mädchen besorgt hat.«
Der Pfarrer hatte vorgehabt, sich seinen eigenen Gedanken hinzugeben. Jetzt fuhr er wie aus einem Traum auf und fragte fast mechanisch:
»Seit wann?«
»Seitdem er anfing, ein Mann zu werden. Seit er scharf darauf war.«
»Wiederhol das, was du eben gesagt hast!«
»Daß ich dem Miguelito Mädchen besorgt habe.«
»Hast du sie ihm hingebracht?«
»Manchmal ja. Manchmal hab ich sie nur zu ihm hingeschickt. Und bei manchen hab ich ihm nur Ratschläge gegeben, Sie

verstehen mich schon, da hab ich ihm gesagt, um welche Zeit sie alleine sind und er sie leicht erwischen kann.«
»Waren es viele?«
Er wollte das eigentlich nicht sagen, aber aus Gewohnheit entschlüpfte ihm die Frage.
»Die kann ich schon nicht mehr zählen, Hochwürden. Eine ganze Menge Mädchen waren das!«
»Was soll ich mit dir anfangen, Dorotea? Urteile du selbst über dich! Sieh zu, ob du dir verzeihen kannst.«
»Ich nicht! Aber Sie können es, Hochwürden. Deshalb komme ich ja zu Ihnen!«
»Wie oft bist du hiergewesen und hast mich gebeten, daß ich dich in den Himmel schicke, wenn du stirbst. Du wolltest dort nach deinem Kind suchen, nicht wahr, Dorotea? Nun, in den Himmel kannst du nicht mehr kommen. Aber Gott möge dir vergeben!«
»Danke, Hochwürden!«
»Ja, auch ich vergebe dir in Seinem Namen. Du kannst gehen.«
»Legen Sie mir keine Buße auf, Hochwürden?«
»Du brauchst sie nicht, Dorotea.«
»Danke, Hochwürden!«
»Der Herr sei mit dir!«
Er klopfte mit den Knöcheln an das Gitter des Beichtstuhles – das Zeichen, daß die nächste darankäme. Und während er das »Ich armer sündiger Mensch« hörte, neigte sein Kopf sich tief herab, als könnte er sich nicht mehr aufrechthalten. Dann kam der Schwindel wieder, das Verwirrtsein, das Gefühl, als löse man sich in dickflüssigem Wasser auf, und der Wirbel der Lichter: das ganze Licht des Tages zerbrach in kleine Stücke. Und der Blutgeschmack auf der Zunge. Lauter und immer wieder hörte er das »Ich armer sündiger Mensch«, und dann den Schluß »Von Ewigkeit zu Ewigkeit, Amen!, Von Ewigkeit zu Ewigkeit, Amen!, Von Ewigkeit zu ...«
»Sei doch still«, sagte er. »Wie lange ist es her, daß du nicht zur Beichte gekommen bist?«

»Zwei Tage, Hochwürden.«
Da kam es wieder. Es war, als ob das Unglück ihm von allen Seiten auf den Leib rückte. »Was tust du hier?«, dachte er. »Ruh dich aus! Geh und ruh dich aus! Du bist sehr müde.«
Er erhob sich vom Beichtstuhl und ging geradenwegs zur Sakristei. Ohne den Kopf zu wenden, sagte er zu den Leuten, die auf ihn warteten:
»Alle, die sich rein von Sünden fühlen, können morgen kommunizieren.«
Er ließ nur ein Flüstern hinter sich zurück.

»Ich liege in demselben Bett, in dem meine Mutter vor so vielen Jahren gestorben ist, auf derselben Matratze, unter derselben schwarzen Wolldecke, in die wir beide uns beim Schlafengehen einwickelten. Damals schlief ich neben ihr, unter ihren Armen, wo sie mir ein Plätzchen freiließ.
Mir ist, ich fühle jetzt noch ihr Herzklopfen und ihr Seufzen und ihre langsamen Atemzüge, mit denen sie mich einlullte... Mir ist, ich fühle jetzt noch, wie weh mir ihr Tod tat.
Aber das stimmt ja alles nicht.
Ich liege hier auf dem Rücken und denke an vergangene Zeiten, um meine Einsamkeit zu vergessen. Denn ich liege hier ja nicht nur für eine Weile. Und außerdem liege ich auch nicht in dem Bett meiner Mutter, sondern in einem schwarzen Kasten, in einem richtigen Sarg, so wie die, in denen die Toten begraben werden.
Ich bin ja tot.
Ich fühle es, wo ich bin, und denke daran...
Und denke daran, wie es war, wenn die Zitronen reif wurden. Denke an den Februar-Wind, der die Stengel der Farrenkräuter entzweibrach, bevor sie ganz vertrockneten, weil niemand sich um sie kümmerte; an die reifen Zitronen, die den alten Hof mit ihrem Duft erfüllten. Im Februar kam morgens der Wind von den Bergen herunter. Und die Wolken blie-

ben dort und warteten, daß das gute Wetter sie ins Tal herunterholen würde. Bis dahin ließen sie den blauen Himmel leer, und das Licht konnte auf das Spiel des Windes fallen, wenn er den Staub in Kreisen auf der Erde herumwirbelte und in die Zweige der Apfelsinenbäume fuhr.
Und die Spatzen lachten. Sie pickten an den Blättern, die der Wind auf den Boden wehte, und lachten. Ihre Federn blieben an den Dornen der Zweige hängen, und sie verfolgten die Schmetterlinge und lachten. Um diese Jahreszeit war es.
Im Februar war es, wenn die Morgen voller Wind sind, voller Spatzen und blauem Licht. Ich erinnere mich.
Damals starb meine Mutter.
Ich hätte schreien sollen, mir die Hände wund pressen sollen vor Verzweiflung, so hättest du es gewollt, Justina. Aber war denn dieser Morgen nicht heiter? Durch die offene Tür kam der Wind herein und brach die Ranken des Efeus ab. Auf meinen Beinen wuchs zwischen den Adern das erste Flaumhaar und meine Hände spürten ein laues Beben, wenn sie meine Brüste berührten. Die Spatzen tollten herum. Auf den Hügeln wiegten sich die Ähren. Es tat mir leid, daß sie das Spiel des Windes im Jasmin nie mehr sehen würde, daß sie ihre Augen vor dem Licht des Tages verschlossen hatte. Aber warum sollte ich weinen?
Weißt du noch, Justina? Du stelltest die Stühle auf dem Korridor auf, damit die Leute dort warten könnten, bis sie dran wären. Sie blieben leer. Meine Mutter lag allein inmitten der Kerzen. Ihr Gesicht war fahl, und zwischen ihren Lippen, bläulich, hart geworden vom schwarzblauen Tod, sah man einen Schimmer von ihren weißen Zähnen. Ihre Augenwimpern waren ruhig, und ruhig war ihr Herz. Du und ich, wir waren bei ihr und beteten endlose Gebete, von denen sie nichts hörte, von denen du und ich nichts hörten, denn alles ging unter in dem hallenden Wind der Nacht.
Du bügeltest ihr schwarzes Kleid, stärktest den Kragen und die Manschetten, damit ihre Hände jung aussähen, die gekreuzt

auf ihrer toten Brust lagen, auf ihrer alten, liebevollen Brust, an der ich einmal geschlafen hatte, die mich genährt hatte und auf und ab gegangen war, um mich in den Schlaf zu wiegen.
Niemand kam zu ihr. So war es besser. Der Tod wird nicht verteilt wie ein Besitz. Niemand läuft hinter dem Leid her.
Der Klopfer schlug gegen die Tür. Du gingst hinaus.
»Geh du«, sagte ich. »Mir verschwimmen die Gesichter der Leute. Und sieh zu, daß sie wieder weggehen. Sie kommen, das Geld für die Gregorianischen Messen abzuholen? Sie hat kein Geld dagelassen. Sag es ihnen, Justina! Sie wird nicht aus dem Fegefeuer kommen, wenn diese Messen nicht gelesen werden? Wer gibt ihnen das Recht zu richten, Justina? Du sagst, ich bin verrückt? Gut.«
Und deine Stühle blieben leer, bis die Männer kamen, die wir gemietet hatten, und wir mit ihnen die Mutter begruben, Männer, die für einen fremden Peso schwitzten, denen alles Leid fremd war. Sie schütteten das Grab mit feuchtem Sand zu. Sie ließen den Sarg langsam hinab, geduldig, wie ihr Handwerk es verlangt, und der Wind erfrischte sie bei ihrer schweren Arbeit. Ihre Augen waren kalt und gleichgültig. Sie sagten: Es macht soundsoviel. Und du bezahltest ihnen, als hättest du etwas gekauft. Du knotetest dein naßgeweintes Taschentuch auf, das du immer und immer wieder ausgedrückt und in das du dann das Geld für die Beerdigung hineingetan hattest ...
Und als sie fortgingen, da knietest du nieder an der Stelle, wo ihr Gesicht liegen mußte, und küßtest die Erde, und vielleicht hättest du sie wieder aufgerissen, wenn ich dir nicht gesagt hätte: »Komm, Justina, sie ist anderswo, das hier ist nichts als ein totes Ding.«

»Hast du das alles gesagt, Dorotea?«
»Wer, ich? Ich hab ein Weilchen geschlafen. Gruselt es dich immer noch?«
»Ich hab jemanden sprechen hören. Eine Frauenstimme. Ich dachte, du wärest es.«

»Eine Frauenstimme? Und du hast gedacht, daß ich es wäre? Das muß die gewesen sein, die immer Selbstgespräche führt. Die in dem großen Grab. Sie ist hier neben uns begraben. Wahrscheinlich ist die Feuchtigkeit zu ihr gedrungen, und sie hat sich im Schlaf umgelegt.«
»Und wer ist das?«
»Pedro Páramos letzte Frau. Viele Leute sagen von ihr, daß sie verrückt war. Andere sagen, daß das nicht stimmt. Aber feststeht, daß sie schon zu Lebzeiten Selbstgespräche geführt hat.«
»Sie ist wohl schon lange tot?«
»O ja, schon lange! Was hat sie denn gesagt?«
»Etwas von ihrer Mutter.«
»Aber sie hat ja nie eine Mutter gehabt...«
»Von der Mutter hat sie gesprochen.«
»... oder wenigstens ist die nicht mitgekommen, als sie herkam. Nein, warte! Jetzt fällt mir ein, daß sie ja hier geboren ist und daß die Familie vor sehr langer Zeit von hier fortgezogen ist. Ja, natürlich! Ihre Mutter ist an der Schwindsucht gestorben. Es war eine sehr merkwürdige Frau, die immer krank war und nie jemanden besucht hat.«
»Das hat sie auch gesagt, daß niemand zu ihrer Mutter kam, als sie gestorben war.«
»Aber von was für Zeiten spricht sie denn! Das ist ja natürlich, daß niemand zu ihr gekommen ist, die Leute hatten doch Angst, die Schwindsucht zu bekommen. Daran denkt dieses verflixte Wesen gar nicht?«
»Davon hat sie ja gerade gesprochen.«
»Wenn du sie wieder hörst, sag mir Bescheid, ich möchte gerne hören, was sie sagt.«
»Hörst du? Es scheint, sie will wieder was sagen. Man hört ein Flüstern.«
»Nein, das ist sie nicht. Das kommt von weiter her, aus einer anderen Richtung. Und es ist eine Männerstimme. Diese alten Toten bewegen sich, wenn die Feuchtigkeit an sie herankommt, und dann wachen sie auf.«

»Der Himmel ist groß. Gott war bei mir in jener Nacht. Wer weiß, wie es mir sonst ergangen wäre. Denn es war schon Nacht, als ich wieder ins Leben zurückkam.«
»Hörst du ihn jetzt deutlicher?«
»Ja.«
»Ich war überall voll von Blut. Und als ich mich aufrichtete, planschte ich mit beiden Händen in dem Blut herum, das auf den Steinen vergossen war. Und das war mein eigenes Blut. Ströme von Blut. Aber ich war nicht tot. Ich merkte es wohl. Ich hörte ja, daß Don Pedro gar nicht die Absicht gehabt hatte, mich zu töten. Er wollte mir nur einen Schreck einjagen. Er wollte feststellen, ob ich zwei Monate vorher in Vilmayo gewesen war. Am Sankt-Christophs-Tag. Auf der Hochzeit. Auf welcher Hochzeit? An welchem Sankt Christoph? Ich planschte in meinem Blut herum und fragte ihn: ›Auf welcher Hochzeit, Don Pedro? Nein, nein, Don Pedro, da war ich nicht. Im allerhöchsten Fall bin ich dort vorbeigekommen, aber ganz zufällig...‹ Er hatte nicht die Absicht, mich zu töten. Er hat mich so geprügelt, daß ich dann hinkte und, ja, den einen Arm hat er mir auch zuschanden geschlagen. Aber umgebracht hat er mich nicht. Die Leute sagen, daß seitdem mein eines Auge schief stand, von dem Schreck, den ich hatte. Eines ist sicher: ich wurde danach männlicher. Der Himmel ist groß. Und niemand zweifelt daran.«
»Wer mag das sein?«
»Das soll man wissen. Einer von vielen. Pedro Páramo hat so viele Leute umgebracht, nachdem man ihm seinen Vater ermordet hatte! Angeblich hat er so gut wie allen den Garaus gemacht, die auf dieser Hochzeit waren, bei der Don Lucas Trauzeuge sein sollte. Und dabei hat es Don Lucas eigentlich nur aus Versehen getroffen, denn anscheinend war der Bräutigam gemeint. Und da nie herausgekommen ist, von wem die Kugel kam, die ihn traf, hat Don Pedro einfach alles dem Erdboden gleichgemacht. Das war dort auf dem Hügel von Vilmayo, da standen ein paar Bauernhöfe, von denen nichts

mehr übrig ist ... Horch mal, das scheint sie wieder zu sein. Paß gut auf, du, mit deinen jungen Ohren! Und erzähl mir dann, was sie gesagt hat.«
»Man kann sie nicht verstehen. Ich glaube, sie spricht gar nicht, sie jammert nur.«
»Und worüber jammert sie?«
»Wie kann ich das wissen?«
»Über irgend etwas muß es ja sein. Niemand jammert doch über nichts. Spitz die Ohren gut!«
»Sie jammert nur, und weiter nichts. Vielleicht hat Don Pedro sie gequält.«
»Glaub das nicht! Er hat sie ja geliebt. Er hat wohl keine andere Frau so geliebt wie sie. Als er sie bekam, da war sie schon mitgenommen vom Leben und höchstwahrscheinlich verrückt. Er hat sie so geliebt, daß er seine letzten Jahre zusammengesunken in seinem Rohrstuhl verbrachte und nur immer auf den Weg starrte, auf dem man sie zum Friedhof getragen hatte. Nichts interessierte ihn mehr. Er schickte seine Leute fort und ließ alle Gerätschaften verbrennen. Manche sagen, daß er schon müde gewesen sei, andere sagen, er habe es aus Verzweiflung getan. Sicher ist nur, daß er seine Leute entließ und sich in seinen Rohrstuhl vor den Weg hinsetzte.
Seit damals lag das Land brach da, wie in Trümmern. Es tat einem weh, zu sehen, wie es kränkelte, wie die Seuchen darüber herfielen, sobald man es sich selbst überließ. Damals fing es an, daß die Menschen hier weniger wurden. Die Männer zerstreuten sich, um andere ›Futterplätze‹ zu suchen. An manchen Tagen war Comala voll von Lebewohl. Und wir fanden das Abschiednehmen von denen, die weggingen, sogar lustig. Sie gingen ja fort, um wiederzukommen. Sie gaben ihre Möbel und ihre Familien in unsere Obhut. Später ließen einige ihre Familien nachkommen, aber ihre Sachen nicht, und dann vergaßen sie anscheinend das Dorf und uns und sogar ihre Sachen. Ich blieb hier, denn wohin hätte ich wohl gehen sollen? Andere blieben hier, weil sie darauf warteten, daß Pedro Páramo

stürbe, denn angeblich hatte er versprochen, ihnen seinen Besitz zu vermachen, und diese Hoffnung hielt verschiedene hier zurück. Aber es vergingen Jahre und Jahre, und er lebte immer weiter. Immer weiter saß er dort wie eine Vogelscheuche vor den Äckern der Medialuna.
Als er schon dem Tod ganz nahe war, kam der Cristero-Aufstand, und das Heer schnappte die wenigen Männer weg, die noch hiergeblieben waren. Damals fing es an, daß ich langsam verhungerte, und seitdem kam ich nie wieder in die Höhe.
Und alles nur wegen Don Pedros Verrücktheiten, nur weil seine Seele ihm keine Ruhe ließ. Das heißt, einzig und allein, weil diese berühmte Susana ihm wegstarb! Kannst dir also vorstellen, wie er sie geliebt hat.«

Fulgor Sedano brachte ihm die Nachricht.
»Don Pedro, wissen Sie, wer im Land ist?«
»Wer?«
»Bartolomé San Juan.«
»Und was will er?«
»Das frage ich mich auch. Wozu ist er hergekommen?«
»Und du hast das nicht festgestellt?«
»Nein. Ich muß es zugeben. Er hat nämlich noch keine Wohnung gesucht. Er ist direkt vor Ihrem früheren Haus abgestiegen und hat da auch sein Gepäck abgeladen, ganz so, als ob er es Ihnen abgemietet hätte. Mir wenigstens schien sein Auftreten sehr sicher.«
»Und was bedeutet das, Fulgor, daß du nicht untersuchst, was da vor sich geht? Dazu bist du ja da.«
»Ich bin etwas unsicher geworden aus dem Grund, den ich Ihnen eben gesagt habe. Aber morgen werde ich die Sache aufklären, wenn Sie es für nötig halten.«
»Was morgen anbetrifft, so überlaß das mir! Ich werde das schon machen. Sind sie beide gekommen?«
»Ja, er und seine Frau. Aber woher wissen Sie das?«
»Sollte das nicht seine Tochter sein?«

»Nach der Art, wie er mit ihr umgeht, scheint es seine Frau zu sein.«
»Schön, geh schlafen, Fulgor!«
»Wenn Sie gestatten.«
– »Dreißig Jahre habe ich darauf gewartet, daß du zurückkämest, Susana«, sagte Pedro Páramo. »Ich habe gewartet, bis ich alles hätte, nicht nur etwas, sondern alles, was man überhaupt haben kann, so daß mir kein Wunsch mehr bliebe, keine Sehnsucht, außer der einen einzigen, der Sehnsucht nach dir. Wie oft habe ich deinen Vater aufgefordert, wieder herzuziehen, wie oft hab ich ihm gesagt, daß ich ihn brauchte! Was hab ich ihm alles vorgeschwindelt!
Ich hab ihm den Verwalterposten angeboten, nur um dich wiederzusehen. Und was hat er mir geantwortet? ›Ich habe keine Antwort für Sie‹, sagte der Bote jedesmal. ›Don Bartolomé zerreißt Ihre Briefe, wenn ich sie ihm gebe.‹ Aber durch ihn erfuhr ich, daß du geheiratet hattest, und dann, bald darauf, daß du Witwe geworden warst und wieder bei deinem Vater lebtest.
Dann hörte ich nichts mehr.
Der Bote kam und ging, und jedesmal, wenn er zurückkam, sagte er: ›Ich kann sie nicht finden. Die Leute sagen, sie sind fort aus Mascota, daunddahin. Und andere sagen wieder, sie sind anderswohin.‹
Und ich wiederholte ihm immer und immer wieder:
›Was es auch kosten mag, such sie! Sie können ja schließlich nicht vom Erdboden verschwunden sein.‹
Endlich kam er eines Tages an und sagte:
›Ich hab das ganze Gebirge abgesucht nach dem Ort, wo Don Bartolomé San Juan sich versteckt hält, bis ich ihn schließlich in einem Loch zwischen den Bergen aufgetrieben habe. Da wohnt er in einer elenden aus Baumstämmen gezimmerten Hütte, direkt bei den verlassenen Minen von La Andromeda.‹
Zu diesem Zeitpunkt war schon eine merkwürdige Stimmung

im Land. Man erzählte sich, daß Aufständische umherzögen. Gerüchte kamen zu uns. Und das hat deinen Vater hierher getrieben. Wie er mir geschrieben hat, ist er nicht seinetwegen gekommen, sondern deinetwegen, um deiner Sicherheit willen. Er wollte dich an einen Ort bringen, wo Leben ist.
Für mich war es, als täte der Himmel sich vor mir auf. Mir war, ich müßte zu dir hinlaufen, dich mit lauter Freude umgeben und weinen. Und ich weinte wirklich, Susana, als ich erfuhr, daß du endlich zurückkommen würdest.« –

»Es gibt Dörfer, die schmecken nach Unglück«, sagte Bartolomé San Juan. Man merkt das, wenn man nur ein wenig von ihrer Luft heruntergeschluckt hat, die alt und zäh und arm und mager ist, wie alles Alte. Dieses Dorf ist so. Da, wo wir herkommen, da hast du dich wenigstens gefreut, wenn du zusehen konntest, wie alles wird: die Wolken und die Vögel und das Moos, weißt du noch? Aber hier wirst du nichts haben als diesen gelben und säuerlichen Geruch, den alle Dinge ausströmen. Das ist ein unglückliches Dorf, ganz und gar vollgesogen mit Unglück.
Er hat uns gebeten zurückzukommen. Er hat uns sein Haus zur Verfügung gestellt. Er hat uns alles gegeben, was wir nur irgend brauchen könnten. Aber wir haben keinen Grund, ihm dafür dankbar zu sein. Für uns ist es schlimm, daß wir hier sind. Für uns gibt es hier keine Rettung, das fühle ich.
Weißt du, was Pedro Páramo von mir will? Ich hab mir ja schon gedacht, daß er uns das alles nicht umsonst geben würde. Ich war bereit, ihm mit meiner Arbeit zu zahlen, da es ja klar war, daß wir irgendwie bezahlen müßten. Ich hab ihm einen genauen Bericht über La Andromeda gemacht und ihm auseinandergesetzt, daß dort Möglichkeiten sind, wenn man die Sache methodisch anfaßt. Und was meinst du, hat er mir geantwortet? ›Ihre Mine interessiert mich nicht, Bartolomé. Das einzige, was ich von Ihnen will, ist Ihre Tochter. Das ist die Arbeit, die Ihnen am besten gelungen ist.‹

Er will dich also haben, Susana. Er sagt, daß du mit ihm gespielt hast, als ihr Kinder wart, daß er dich kennt, daß ihr zusammen im Fluß gebadet habt, als ihr Kinder wart. Ich hab davon nichts gewußt. Wenn ich es gewußt hätte, hätte ich dich mit einem Gürtel totgeprügelt.«
»Daran zweifle ich nicht.«
»Hast du wirklich gesagt: Daran zweifle ich nicht?«
»Ich habe es gesagt.«
»Du bist also gewillt, mit ihm zu schlafen?«
»Ja, Bartolomé.«
»Weißt du nicht, daß er verheiratet ist und unzählige Frauen gehabt hat?«
»Ja, Bartolomé.«
»Sag nicht Bartolomé zu mir! Ich bin dein Vater.«
Bartolomé San Juan, ein toter Mineningenieur. Susana San Juan, die Tochter eines toten Mineningenieurs, der in den Minen von La Andromeda den Tod gefunden hat. Er sah es klar vor sich. Man wird mich dorthin in den Tod schicken. Dann sagte er:
»Ich hab ihm gesagt, daß du zwar Witwe bist, aber weiter mit deinem Mann lebst, oder daß zum mindesten dein Verhalten ganz so ist. Ich habe versucht, ihn davon abzubringen, aber sein Blick wird unheimlich, wenn ich mit ihm rede, und wenn dein Name genannt wird, schließt er die Augen. Nach allem, was ich gehört habe, ist er die Schlechtigkeit in Person. Die Schlechtigkeit in Person, das ist Pedro Páramo.«
»Und wer bin ich?«
»Du bist meine Tochter. Bist mein! Bartolomé San Juans Tochter!«
In Susanas Gehirn gerieten die Gedanken in Bewegung, langsam erst, dann stockten sie, und dann stürmten sie davon, so daß sie nur eben noch sagen konnte:
»Das ist nicht wahr! Das ist nicht wahr!«
»Was ist das für eine Welt! Bedrängt uns von allen Seiten her, bricht uns in Stücke, streut eine Handvoll von unserm

Staub hierhin, eine dorthin, als begösse sie die Erde mit unserm Blut! Was haben wir nur getan? Warum ist unsere Seele verfault? Deine Mutter hat immer gesagt: ›Wenigstens eines ist uns sicher, Gottes Barmherzigkeit!‹ Und du leugnest sie, Susana. Warum leugnest du, daß ich dein Vater bin? Bist du wahnsinnig?«
»Hast du das nicht gewußt?«
»Bist du wahnsinnig?«
»Aber natürlich, Bartolomé! Hast du das nicht gewußt?«

»Hast du gewußt, Fulgor, daß das die schönste Frau ist, die es je auf Erden gegeben hat? Ich hatte schon geglaubt, daß ich sie für immer verloren hätte. Aber jetzt will ich sie nicht von neuem verlieren. Verstehst du mich, Fulgor? Sag ihrem Vater, er soll wieder zurückgehen und weiter seine Mine ausbeuten. Und dort ... ich stell mir vor, dort wird es leicht sein, jemanden verschwinden zu lassen, in dieser Gegend, wo nie jemand hinkommt. Was meinst du?«
»Das kann schon sein.«
»Das muß sein. Sie muß Waise werden. Ich habe überhaupt die Pflicht, für irgend jemanden zu sorgen. Glaubst du nicht auch?«
»Mir scheint die Sache nicht schwierig.«
»Also los, Fulgor, los!«
»Und wenn sie es erfährt?«
»Wer könnte ihr das erzählen? Sag wirklich, hier unter uns, wer könnte ihr das wohl erzählen?«
»Nein, das glaube ich sicher, das wird niemand tun.«
»›Das glaube ich sicher‹ kannst du ruhig weglassen. Du sollst sehen, es geht alles glatt. Denk daran, wie schwer es gewesen ist, La Andromeda auch nur aufzufinden. Schick ihn nach La Andromeda, er soll weiter dort arbeiten. Er soll immer eine Zeitlang dort sein und eine Zeitlang hier. Nicht, daß es ihm etwa einfällt, die Tochter mitzuschleppen. Die werden wir ihm hier schon beschützen. Dort wird sein Arbeitsplatz sein, und

hier hat er sein Heim, wo er sich zuhause fühlt. So mußt du es ihm sagen, Fulgor.«
»Das macht mir nun wieder Spaß, Don Pedro, wie Sie drauf losgehen. Als ob Sie im Herzen plötzlich wieder jung wären.«

Auf die Äcker von Comala fällt der Regen. Ein feiner Regen, sehr ungewöhnlich für diese Gegend der großen Wolkenbrüche. Es ist Sonntag. Von Apango sind die Indios heruntergekommen, mit ihren Kränzen aus Kamillen, ihren Rosmarinblättern, ihren Bündeln Thymian. Fichtenholzspäne zum Feueranmachen haben sie nicht mitgebracht, das Fichtenholz ist naß geworden, und auch keine Humuserde, weil die auch vom vielen Regen naß geworden ist. Unter den Bogen der Arkaden breiten sie ihre Kräuter aus und warten.
Der Regen fällt auf die Pfützen.
Zwischen den Furchen, in denen der Mais keimt, strömt das Wasser in kleinen Bächen dahin. Die Bauern sind heute nicht zum Markt gekommen. Sie ebnen die Furchen, damit das Wasser sich neue Bahnen sucht und die jungen Pflänzchen nicht mit sich fortreißt. In Gruppen waten sie im Regen über den schwimmenden Boden. Sie zerdrücken mit Schaufeln die aufgeweichten Schollen, und mit den Händen häufeln sie Erde auf den keimenden Mais, damit er geschützt ist und mühelos wachsen kann.
Die Indios warten. Sie merken, daß das heute ein schlechter Tag ist. Vielleicht zittern sie deshalb unter ihren nassen »Mänteln« aus Stroh, zittern nicht vor Kälte, sondern vor Sorge. Sie sehen den haarfeinen Regen an und den Himmel, der seine Wolken festhält.
Niemand kommt. Das Dorf scheint verlassen zu sein. Die Frau hat ihnen aufgetragen, etwas Stopfgarn mitzubringen und ein wenig Zucker, und wenn es dazu reicht und wenn es das da gibt, ein Sieb, um den Maisbrei durchzurühren. Es geht auf Mittag, und die mit Feuchtigkeit vollgesogenen »Mäntel« lasten immer schwerer auf ihnen. Sie schwatzen und erzählen

sich Witze und lachen laut. Die Kamillen blinken, vom Sprühregen bespritzt. Sie denken: »Wenn man wenigstens etwas Pulque mitgebracht hätte! Dann wäre es nicht so schlimm. Aber die Agaven schwimmen im Wasser. Na schön, es läßt sich nicht ändern.«

Justina Díaz kam unter ihrem Regenschirm auf der geraden Straße daher, die zur Medialuna führte. Sie wich den Wasserströmen aus, die aus den Dachrinnen auf den Fußweg prasselten. Als sie an die Tür der Hauptkirche kam, bekreuzigte sie sich. Sie trat ein. Später sahen die Indios sie wieder. Sie sah ihre Blicke forschend auf sich gerichtet. Bei dem ersten blieb sie stehen, kaufte für zehn Centavos Rosmarinblätter und ging wieder zurück. Die Blicke der Indios folgten ihr in geschlossenen Reihen.

»Wie teuer alles jetzt ist!« sagte sie, als sie wieder den Weg zur Medialuna einschlug. »Dies jämmerliche Bündchen Rosmarin für zehn Centavos! Das ist so wenig, daß man noch nicht mal den Duft riecht!«

Als es dunkel wurde, packten die Indios ihre Sachen zusammen. Mit ihrer schweren Last auf dem Rücken gingen sie in den Regen hinein. An der Kirche machten sie halt, um zur Mutter Gottes zu beten, und ließen ihr als fromme Spende ein Bund Thymian da. Dann schlugen sie die Richtung nach Apango ein, woher sie gekommen waren. »Na, ein andermal«, sagten sie. Unterwegs erzählten sie sich Witze und lachten laut.

Justina trat in Susana San Juans Schlafzimmer und legte die Rosmarinblätter auf das Wandbord. Die vorgezogenen Gardinen ließen kein Licht durch. Es war so dunkel, daß sie nur Schatten sah, die Dinge nur ahnend erkennen konnte. Sie nahm an, daß Susana schliefe. Täte sie es nur immer! Wirklich, sie schien zu schlafen, und Justina war froh darüber. Da hörte sie, wie aus der entferntesten Ecke des dunkeln Zimmers kommend, einen Seufzer.

»Justina!« sagte jemand.

Sie wandte den Kopf. Sie sah niemanden, aber sie fühlte eine Hand auf ihrer Schulter und einen Atem in ihren Ohren. Die Stimme sprach geheimnisvoll gedämpft: »Geh fort, Justina! Pack deine Sachen zusammen und geh! Wir brauchen dich nicht mehr.«
»Sie braucht mich wohl!« sagte sie und richtete sich hoch auf. »Sie ist krank und braucht mich.«
»Nicht mehr, Justina. Ich bleibe jetzt bei ihr, um sie zu pflegen.«
»Sind Sie es, Don Bartolomé?« Aber sie wartete die Antwort nicht ab. Sie stieß einen Schrei aus, der bis zu den Männern und Frauen drang, die dort unten von den Feldern heimkehrten. Sie sagten: »Da schreit ein Mensch, aber das klingt nicht, wie wenn ein menschliches Wesen schreit.«
Der Regen dämpft die Geräusche ab. Nachher hört man ihn wieder, wie er seine Tropfen siebt und den Faden des Lebens spinnt.
»Was ist los, Justina? Warum schreist du so?« fragte Susana San Juan.
»Ich hab nicht geschrien, Susana. Das hast du wohl geträumt.«
»Ich habe dir doch gesagt, daß ich nie träume. Du bist sehr rücksichtslos gegen mich. Ich bin vollkommen übernächtig. Gestern abend hast du die Katze nicht hinausgesetzt, und sie hat mich nicht schlafen lassen.«
»Sie hat bei mir, zwischen meinen Beinen geschlafen. Sie war klitschnaß, und da hab ich sie aus Mitleid in meinem Bett gelassen. Aber sie hat keinen Lärm gemacht.«
»Nein, Lärm hat sie nicht gemacht. Sie hat nur die ganze Zeit Zirkus gespielt und ist immerzu von meinen Füßen zu meinem Kopf gesprungen und hat gewimmert, als ob sie Hunger hätte.«
»Ich hab ihr gut zu fressen gegeben, und sie hat sich die ganze Nacht nicht von mir weggerührt. Du hast wieder unwahres Zeug geträumt, Susana.«
»Und ich sage dir, daß sie mich die ganze Nacht mit ihrem

Gespringe geängstigt hat. Sie ist ja zärtlich, deine Katze, aber wenn ich schlafe, will ich sie nicht bei mir haben.«
»Du siehst Hirngespinste, weiter gar nichts. Wenn Pedro Páramo kommt, sage ich ihm, daß ich es nicht mehr mit dir aushalte. Ich sage ihm, daß ich gehe. Ich werde schon anständige Leute finden, die mir Arbeit geben. Nicht alle Leute sind hysterisch wie du und nicht alle schikanieren einen den lieben langen Tag. Morgen geh ich, und meine Katze nehme ich mit, und dann hast du deine Ruhe.«
»Du wirst nicht gehen, gottverfluchte und verdammte Justina! Du wirst nirgendwohin gehen, weil du nirgendwo jemanden finden wirst, der dich so lieb hat wie ich.«
»Nein, ich geh ja nicht, Susana. Ich geh ja nicht fort. Du weißt doch, daß ich bei dir bleibe und für dich sorge. Und wenn du mich auch rasend machst, so bleib ich doch hier und sorge für dich.«
Sie hatte für sie gesorgt, seitdem sie auf der Welt war. Sie hatte sie auf ihren Armen getragen. Sie hatte sie gehen gelehrt, ihr gezeigt, wie man Schritte macht, diese ersten Schritte, von denen jeder für das Kind eine Ewigkeit dauerte. Sie hatte ihren Mund wachsen sehen und ihre Augen, die süß waren, »wie Bonbons«. »Pfefferminzbonbons sind blau. Gelb und blau. Grün und blau. Pfefferminz und wilde Minze gemischt.« Sie biß sie in die Beine. Sie ließ sie zum Spaß an ihren Brüsten saugen, in denen nichts war, die nur wie zum Spielen waren. »Spiel«, sagte sie, »spiel schön mit deinem Spielzeug!« Sie hätte sie zerquetschen und in Stücke reißen mögen.
Man hörte, wie da draußen der Regen auf die Bananenblätter prasselte und, wenn er von den Blättern ablief, zischend auf den kleinen See klatschte, der sich darunter gebildet hatte.
Die Bettlaken waren kalt von Feuchtigkeit. Die Dachrinnen sprudelten und schäumten; sie waren es schon müde vom Fließen des Wassers, den ganzen Tag, die ganze Nacht und wieder den ganzen Tag. Unablässig lief das Wasser, warf Blasen, strömte unablässig heraus.

Es war Mitternacht, und das Geräusch des Regens übertönte alle anderen Laute.
Susana San Juan erhob sich langsam. Sie richtete ihren Körper auf und ging vom Bett fort. Da fühlte sie wieder in den Füßen diese Schwere, die am Rande ihres Körpers aufstieg und nach ihrem Gesicht tastete.
»Bist du es, Bartolomé?«, fragte sie.
Es schien ihr, sie hörte das Quietschen der Tür, als käme jemand herein oder ginge hinaus. Und dann war es doch nur der Regen, der ungleichmäßig fallende, kalte Regen, der von den Bananenblättern hinuntertroff und unten in seinem eigenen Wasser brodelte.
Sie schlief ein und erwachte erst, als die roten Ziegel, mit Tautröpfchen besprengt, im grauen Morgenlicht eines neuen Tages sichtbar wurden. Sie rief:
»Justina!«
Im selben Augenblick, als wäre sie schon vorher dagewesen, erschien Justina, in ihre Decke eingewickelt.
»Was willst du, Susana?«
»Die Katze! Sie ist wieder hereingekommen.«
»Arme Susana!«
Sie legte sich über ihre Brust und umarmte sie, bis es Susana schließlich gelang, Justinas Kopf aufzurichten. Sie fragte:
»Warum weinst du? Ich werde Pedro Páramo sagen, daß du gut zu mir bist. Ich werde ihm nichts davon sagen, daß deine Katze mich immer erschreckt. Nun sei doch nicht so, Justina!«
»Dein Vater ist gestorben, Susana. Vorgestern abend ist er gestorben, und heute ist die Nachricht gekommen, daß nichts mehr zu machen ist: er ist schon begraben. Es war nicht möglich, ihn herzuschaffen, der Weg ist zu weit. Jetzt bist du allein, Susana!«
»Also war er es doch«, lächelte sie. »Du kamst, um Abschied von mir zu nehmen«, sagte sie und lächelte.

Vor vielen Jahren, sie war noch ein Kind, hatte er einmal zu ihr gesagt:

»Laß dich da hinunter, Susana, und sag mir, was du unten siehst!«

Sie hing an einem Seil, das ihr in den Leib schnitt, von dem ihre Hände bluteten und das sie doch nicht loslassen wollte. Es war wie der einzige Faden, der sie noch an der Welt da draußen festhielt.

»Ich sehe nichts, Papa.«

»Such gut, Susana! Gib dir Mühe, etwas zu finden!«

Und er leuchtete ihr mit seiner Lampe.

»Ich sehe nichts, Papa.«

»Ich lasse dich weiter hinunter. Sag Bescheid, wenn du unten angelangt bist.«

Durch ein enges Loch zwischen Brettern war sie hineingekommen. Vorher hatte sie über alte, vermoderte, zersplitterte Planken, voll klebriger Erde, gehen müssen.

»Laß dich weiter hinunter, da findest du das, was ich dir gesagt habe.«

Und sie schwang sich schaukelnd hinunter, weiter und immer weiter, wiegte sich in der Dunkelheit, und ihre Füße baumelten im Leeren. »Ich – habe – keinen – Boden – unter – den – Füßen.«

»Weiter nach unten, Susana, weiter nach unten! Sag mir, ob du etwas siehst!«

Und als sie Grund unter den Füßen fühlte, stand sie da und konnte nichts sagen. Sie war vor Angst verstummt. Die Lampe drehte sich, das Licht glitt über sie hinweg. Und der Schrei von oben ging ihr durch und durch.

»Gib mir das da, Susana!«

Sie nahm den Schädel in die Hände, und als das Licht darauf schien, ließ sie ihn fallen.

»Es ist ein Totenschädel«, sagte sie.

»Daneben muß noch anderes liegen! Gib mir alles, was du findest!«

Das Skelett zerfiel in einzelne Knochen. Der Kiefer löste sich, als wäre er aus Zucker. Sie gab ihm alles, Stück für Stück, ein Gelenk nach dem andern, bis zu den Zehen hinunter. Ganz zuerst den Schädel, eine runde Kugel, die ihr unter den Händen zerfiel.
»Such, ob du nicht noch andere Sachen findest, Susana! Geld! Goldene Ringe! Such, Susana!«
Da schwand ihr das Bewußtsein, und sie kam erst viele Tage später wieder zu sich. Eis lag auf ihrer Stirne, Eis war in den Blicken ihres Vaters.
Deshalb lachte sie jetzt.
»Ich wußte ja, daß du es warst, Bartolomé.«
Und die arme Justina, die weinend an ihrem Herzen lag, mußte aufstehen, als sie sah, daß Susana lachte, und daß aus ihrem Lachen ein tolles Gelächter wurde.
Draußen regnete es weiter. Die Indios waren fort. Es war Montag, und das Tal von Comala ertrank immer tiefer im Regen.

Tagelang hörte der Wind nicht auf zu blasen, der Wind, der den Regen gebracht hatte. Der Regen war fort, aber der Wind blieb. Da hinten auf den Feldern ließ der Mais seine Blätter wehen und legte sich auf die Furchen, um sich gegen den Wind zu schützen. Bei Tage war es erträglich. Der Wind bog den Efeu um, und die Ziegel auf den Dächern knarrten. Aber nachts heulte er, heulte lange Stunden hindurch. Wolkenvorhänge zogen still über den Himmel und streiften fast die Erde.
Susana San Juan hört, wie der Wind an ihrem geschlossenen Fenster rüttelt. Sie liegt und hat die Hände hinter dem Kopf verschränkt und denkt nach und horcht auf den Lärm der Nacht und hört, wie die Nacht von dem ruhelosen Wind hin und her gezerrt wird. Dann ist plötzlich alles still.
Die Tür ist aufgegangen. Ein Windstoß löscht die Flamme aus. Sie sieht die Dunkelheit und hört auf zu denken. Ein

leises Rauschen dringt zu ihr. Gleich darauf hört sie ihr Herz in unregelmäßigen Stößen schlagen. Durch ihre geschlossenen Augenlider sieht sie das Licht der Kerze.
Sie öffnet die Augen nicht. Das Haar liegt in Strähnen über ihrem Gesicht. Das Licht treibt ihr Schweißtropfen auf die Lippen. Sie fragt:
»Bist du es, Vater?«
»Ich bin dein Vater, mein Kind.«
Sie macht die Augen halb auf. Sie sieht an der Zimmerdecke einen Schatten, der über ihr Haar hinweggeht und einen Kopf über ihrem Gesicht. Sieht hinter dem Schleier ihrer Wimpern, undeutlich, eine Gestalt vor sich und ein verschwommenes Licht an Stelle des Herzens, ein Licht in Form eines kleinen Herzens, das wie eine flackernde Flamme zuckt. »Dein Herz stirbt vor Kummer«, denkt sie. »Ich weiß schon, du kommst, weil du mir erzählen willst, daß Florencio gestorben ist. Aber das weiß ich ja schon. Sei nicht traurig um andere! Mach dir um mich keine Sorgen! Ich habe mein Leid an sicherem Ort verwahrt. Paß auf, daß dein eigenes Herz nicht erlischt!«
Sie richtete ihren Körper auf und schleppte ihn dahin, wo der Pfarrer Rentería stand.
»Komm, ich will dich mit meinem Kummer trösten«, sagte sie und legte ihre Hände um die Flamme der Kerze.
Der Pfarrer ließ sie an sich herankommen, er sah zu, wie sie die Kerze mit ihren Händen umfaßte und dann ihr Gesicht an den brennenden Docht schmiegte, bis er den Geruch von versengtem Fleisch spürte und die Kerze bewegte und ausblies.
Da kam die Dunkelheit wieder, und Susana flüchtete unter ihre Bettücher.
Der Pfarrer sagte:
»Ich komme zu dir, um dir Trost zu spenden, meine Tochter.«
»Dann leb wohl, Vater«, antwortete sie. »Komm nicht wieder! Ich brauche dich nicht.«
Sie hörte, wie die Schritte sich entfernten, diese Schritte, die immer Kälte, Zittern und Grauen in ihr zurückließen.

»Warum kommst du zu mir, wo du doch tot bist?«
Der Pfarrer schloß die Tür und trat in die Nachtluft hinaus.
Der Wind blies weiter.

Ein Mann mit dem Spitznamen »der Stotterer« kam auf die Medialuna und fragte nach Pedro Páramo.
»Was willst du von ihm?«
»Ich will mi-mit ihm sprechen.«
»Er ist nicht da.«
»Sag ihm, we-wenn er zurückkommt, daß Don Fulgor mich schi-schickt.«
»Ich werde ihn holen. Aber ein paar Stunden mußt du dich schon gedulden.«
»Sag ihm, es ist dri-dringend!«
»Ich werd es ihm sagen.«
Der Mann mit dem Spitznamen »der Stotterer« wartete auf seinem Pferd. Nach einer Weile kam Pedro Páramo, den er noch nie gesehen hatte, und stellte sich vor ihn hin.
»Was wünschst du?«
»Ich muß mi-mit dem Herrn selber sprechen.«
»Ich bin der Herr. Was willst du?«
»Nu-nur daß Don Fulgor Se-Sedano umgebracht worden ist. Ich war bei ihm. Wir gingen in der Gegend von Los Vertederos, um zu sehen, warum so wenig Wasser da ist. Und da sahen wir plö-plötzlich einen Haufen Männer, die auf uns zukamen. Und da hörten wir in der Me-Menge eine Stimme, die sagte: ›Diesen da ke-kenn ich. Das ist der Verwalter der Me-Medialuna.‹
Um mi-mich kümmerten sie sich gar nicht. Aber Don Fulgor befahlen sie, ihnen sein Pferd zu geben. Sie sagten, daß sie Revolutionäre wären. Daß sie gekommen wären, um sich Ihr Land zu nehmen. ›Lauf lo-los!‹ sagten sie zu Don Fulgor. ›Marsch, und sag deinem Herrn, daß wir ein Wörtchen mit ihm zu reden haben!‹ Und voller Schrecken lief er los, was

das Zeug hie-hielt, aber weil er so schwe-schwer war, doch nicht sehr schnell. Aber er lie-lief. Und da haben sie ihn im Lau-Laufen getötet. Er starb mi-mit einem Fuß oben und dem andern unten.
Da hab ich mich nicht ge-gemuckst. Ich hab gewartet, bis es Abend wurde, und hier bi-bin ich, um zu melden, wa-was geschehen ist.«
»Und worauf wartest du? Was stehst du da herum? Los, und sag denen, daß ich ganz zu ihrer Verfügung stehe. Sie sollen nur herkommen, damit wir verhandeln können. Aber vorher gehst du noch bei der Consagración vorbei. Kennst du den ›Skorpion‹? Er wird wohl dort sein. Sag ihm, daß ich ihn sprechen muß. Und diesen Leuten sagst du, daß ich sie erwarte, sie sollen nur kommen, sobald sie etwas Zeit übrig haben. Was für eine Sorte Revolutionäre sind es denn?«
»Ich wei-weiß nicht. Sie nennen sich so.«
»Sag dem ›Skorpion‹, daß ich ihn schleunigst brauche!«
»Ja-jawohl, Herr.«

Pedro Páramo begab sich wieder in sein Büro. Er war niedergeschlagen und fühlte sich alt. Um Fulgor grämte er sich nicht, der hatte sowieso schon mit einem Fuß im Grabe gestanden, und im übrigen – was er von ihm haben konnte, das hatte er schon bekommen. Immerhin mußte man zugeben, daß er sehr gefällig gewesen war, alles was recht ist. »Jedenfalls können sich diese Idioten auf einen Skorpion-Stich gefaßt machen«, dachte er.
Mehr beschäftigte ihn Susana San Juan, die immer in ihrem Zimmer war, immer schlief, und wenn sie nicht schlief, so tat, als schliefe sie. Die vergangene Nacht hatte er stehend, an die Wand gelehnt, verbracht, und bei dem matten Licht der Nachttischlampe ihren Körper beobachtet, ihr schweißbedecktes Gesicht, ihre Hände, die unablässig die Laken hin und her schoben und das Kissen zusammendrückten, bis sie blau wurden.
Seit er sie hatte kommen lassen, hatte er noch keine anderen

als diese traurigen Nächte mit ihr verbracht, voll endloser Unruhe. Und er fragte sich, wann das wohl aufhören würde.
Einmal würde es aufhören, hoffte er. Nichts kann ewig dauern. Es gibt keine Erinnerung, wie tief sie auch sein möge, die nicht schließlich verblaßt.
Wenn er nur wenigstens wüßte, was das war, was sie so quälte, daß sie sich hin und her wälzte, wenn sie wach lag, als würde sie in Stücke gerissen und zu Tode gefoltert!
Er glaubte, sie zu kennen. Er glaubte zu wissen, daß es vorübergehen würde. Aber selbst wenn er sich täuschte, war es nicht schon genug zu wissen, daß sie das Wesen war, das er mehr liebte als irgendeinen andern Menschen auf der ganzen Erde und – dies war das Wichtigste – daß, wenn er einstmals aus dem Leben ginge, ihr Bild ihm leuchten und alle anderen Erinnerungen auslöschen würde!
Aber was war denn das für eine Welt, in der Susana San Juan lebte? Das war eines der Dinge, die Pedro Páramo niemals erfuhr.

»Mein Körper fühlte sich wohl auf der Wärme des Sandes. Ich lag mit geschlossenen Augen, mit offenen Armen, mit ausgestreckten Beinen im Meereswind. Das Meer war dort hinten, weit weg. Und wenn es mit der Flut stieg, ließ es eben noch Reste von Schaum auf meinen Füßen...«
»Jetzt ist sie es, die spricht, Juan Preciado. Vergiß nicht, mir zu sagen, was sie sagt!«
»...Es war früh morgens. Das Meer hob und senkte sich in Wellen. Es legte seinen Schaum nieder und zog sich mit seinem reinen, grünen Wasser in lautlosen Wellen zurück.
›Im Meer kann ich nur nackt baden‹, sagte ich zu ihm. Und den ersten Tag kam er mit. Auch er war nackt, und als er aus dem Meer stieg, schimmerte sein Körper. Es waren keine Möven da, nur diese Vögel, die die Leute ‚Krummschnäbel‘ nennen, die so schnarren, daß es klingt, als ob sie schnarchen, und die nach Sonnenaufgang verschwinden. Am ersten

Tag kam er mit und fühlte sich einsam, obwohl ich doch bei ihm war.
›Du siehst wie ein ‚Krummschnabel' aus, einer von den vielen‹, sagte er zu mir. ›Du gefällst mir nachts besser, wenn wir im Dunkeln auf demselben Kissen unter den Laken liegen.‹
Und dann ging er.
Ich kam wieder. Ich würde immer wiederkommen! Das Meer benetzt meine Knöchel und weicht zurück, benetzt meine Knie, meine Schenkel, nimmt mich in seinen weichen Arm, überschlägt sich auf meinen Brüsten, umschlingt meinen Hals, preßt sich an meine Schultern. Dann versinke ich ganz in ihm. Dann gebe ich mich ihm hin, seinem harten Schlag, seinem weichen Nehmen, und es bleibt nichts mehr von mir.
›Ich mag gerne im Meer baden‹, sagte ich zu ihm.
Aber er versteht das nicht.
Und am nächsten Tag war ich wieder im Meer, fühlte mich rein werden und gab mich den Wellen hin.«

Als der Nachmittag dunkelte, erschienen die Männer. Sie trugen Karabiner und, über der Brust gekreuzt, die Patronengürtel. Es waren ungefähr zwanzig.
Pedro Páramo lud sie zum Abendessen ein. Sie setzten sich an den Tisch, ohne die Hüte abzunehmen, und warteten schweigend. Man hörte nur, wie sie die Schokolade schlürften und wie sie eine Tortilla nach der andern kauten, als ihnen die braunen Bohnen hingestellt wurden.
Pedro Páramo sah sie sich an. Es waren keine bekannten Gesichter darunter. Gleich hinter ihm, im Schatten, lauerte der »Skorpion«.
»Meine Herren«, sagte er, als er sah, daß sie fertig gegessen hatten. »Womit kann ich Ihnen dienen?«
»Sind Sie hier der Besitzer?« fragte einer und spreizte die Hand zum Gruß.
Aber ein anderer unterbrach ihn und sagte: »Hier spreche ich.«

»Also schön. Womit kann ich Ihnen dienen?« wiederholte Pedro Páramo seine Frage.
»Wie Sie sehen, haben wir zu den Waffen gegriffen.«
»Ja, und?«
»Ja, weiter nichts. Ist das nichts?«
»Und warum?«
»Nun, andere haben's doch auch gemacht. Das wissen Sie wohl nicht. Warten Sie nur ein bißchen ab, bis wir unsere Instruktionen bekommen! Dann werden wir Ihnen schon sagen, warum. Vorläufig sind wir mal hier.«
»Ich weiß warum«, sagte ein anderer. »Und wenn Sie wollen, sag ich's Ihnen. Wir machen Revolution gegen die Regierung und gegen Kerle, wie Sie einer sind, weil wir genug von euch haben. Gegen die Regierung, weil das eine Schweinebande ist, und gegen euch, weil ihr nichts weiter seid als Gauner und Banditen und dreckige Räuber. Und von dieser sauberen Regierung will ich weiter nicht reden, der werden wir's schon mit Kugeln sagen, was wir zu sagen haben.«
»Wieviel brauchen Sie, um Ihre Revolution zu machen?« fragte Pedro Páramo. »Vielleicht kann ich Ihnen helfen.«
»Der Herr hat recht, Perseverancio. Halt du lieber deinen Mund. Wir müssen uns einen Reichen anschaffen, der uns versorgt. Und da können wir doch gar keinen besseren finden als diesen hier. Denk mal nach, Casildo, wieviel brauchen wir?«
»Was der Herr meint, daß er uns geben kann.«
»Der da? Der wird doch seiner eigenen Mutter keinen Centavo geben! Jetzt, wo wir hier sind, nichts als los, da soll er mal alles rausrücken, was er hat, bis zum letzten Maiskorn, das ihm in seiner dreckigen Fresse stecken geblieben ist.«
»Beruhige dich, Perseverancio! Im guten erreicht man viel mehr. Wir werden schon mit ihm einig werden. Was meinst du, Casildo?«
»Na, ich würde sagen, daß meiner Schätzung nach so etwa zwanzigtausend für den Anfang nicht schlecht wären. Was meint

ihr dazu? Aber vielleicht findet der Herr das ja zu wenig, er möchte uns doch so gerne helfen. Also sagen wir fünfzigtausend! Einverstanden?«
»Ich gebe euch hunderttausend«, sagte Pedro Páramo. »Wieviele seid ihr?«
»Dreihundert.«
»Schön. Ich gebe euch weitere dreihundert Mann, um euer Kontingent zu verstärken. In einer Woche kriegt ihr die Leute und das Geld. Das Geld schenke ich euch, die Leute sind nur ausgeliehen. Wenn ihr sie nicht mehr braucht, schickt ihr sie mir zurück. Recht so?«
»Einverstanden!«
»Also auf Wiedersehen in acht Tagen, meine Herren. Hat mich sehr gefreut, Sie kennen zu lernen.«
»Jawohl«, sagte der, der zuletzt hinausging. »Und merken Sie sich, wenn Sie Ihr Versprechen nicht halten, dann werden Sie von Perseverancio hören, so heiße ich nämlich.«
Pedro Páramo gab ihm zum Abschied die Hand.

»Wer, meinst du wohl, ist der Anführer?« fragte er etwas später den »Skorpion«.
»Ich glaube, das ist der Dicke in der Mitte, der nur auf seinen Teller geguckt hat. Ich hab so eine Ahnung, daß der es ist. Und wenn ich 'ne Ahnung hab, dann ist das auch meistens richtig.«
»Nein, Damasio, der Anführer bist du. Oder willst du nicht, hast du keine Lust, in die Revolution zu ziehen?«
»Natürlich! Ich hab schon längst Lust gehabt. Wo mir der Klamauk soviel Spaß macht!«
»Du hast ja nun gesehen, worum es sich handelt, so daß du keine weiteren Ratschläge brauchst. Bring dreihundert zuverlässige Burschen zusammen und melde dich bei diesen Kerlen. Sag ihnen, daß du ihnen die Leute bringst, die ich ihnen versprochen habe. Im übrigen wirst du schon wissen, was du zu tun hast.«

»Und was soll ich ihnen von dem Geld sagen? Soll ich ihnen das auch mitbringen?«
»Ich werde dir zehn Pesos für jeden geben. Für die dringendsten Bedürfnisse. Du sagst ihnen, daß das übrige hier zu ihrer Verfügung aufbewahrt wird. Wenn man in solch einem Gewühl ist, ist es nicht ratsam, soviel Geld bei sich zu tragen. Nebenbei gesagt: würdest du dich über den kleinen Hof Puerta de Piedra freuen? Schön, von heute an gehört er dir. Du wirst dem Advokaten Gerardo Trujillo in Comala etwas von mir ausrichten, und bei der Gelegenheit soll er ihn dann auf deinen Namen schreiben. Bist du zufrieden, Damasio?«
»Das will ich meinen, Don Pedro! Aber auch ohne das hätte ich die Sache gemacht, nur so aus Vergnügen. Sie kennen mich doch! Auf jeden Fall vielen Dank! Meine Alte hat dann wenigstens was zu tun, wenn ich auf den Bummel geh.«
»Und, weißt du, im Vorbeigehen nimm dir ein paar Kühe mit! Auf diesem Hof ist zu wenig Leben.«
»Dürften es wohl auch Zebu-Rinder sein?«
»Such dir aus, welche du willst, und so viele, wie du meinst, daß deine Frau versorgen kann. Und, um auf unsere Angelegenheit zurückzukommen, sieh zu, daß ihr hier in der Nähe bleibt, damit, wenn andere kommen, sie sehen, daß das hier schon in festen Händen ist. Und komm zu mir, so oft du kannst und sobald du irgend etwas Neues zu melden hast!«
»Auf Wiedersehen, Don Pedro!«

»Was sagt sie, Juan Preciado?«
»Sie sagt, daß sie ihre Füße, ihre eiskalten Füße, zwischen seinen Beinen versteckte, da wurden sie warm wie in einem Backofen, und er biß hinein und sagte, sie wären wie Brote, die eben schön braun aus dem Ofen kommen. Sie schlief zusammengekauert, ganz tief in ihn gebettet. Sie sagt, daß sie im Nichts verging, wenn sie fühlte, daß ihr Fleisch aufbrach und sich öffnete wie eine Furche, von glühendem Nagel gezogen, glühend erst, dann lau, dann süß; wenn sie die harten Stöße gegen

ihr weiches Fleisch fühlte und wie er eindrang, immer tiefer, immer tiefer, bis sie stöhnte. Aber daß sein Tod ihr doch noch weher getan hat. Das sagt sie.«
»Wen meint sie nur?«
»Sicher jemanden, der vor ihr gestorben ist.«
»Aber wer kann das gewesen sein?«
»Ich weiß es nicht. Sie sagt, in der Nacht, in der sie so lange vergebens auf ihn gewartet hatte, merkte sie, daß er sehr spät, erst gegen Morgen, zurückkam. Sie merkte es nur daran, daß ihre Füße, die bis dahin einsam und kalt gewesen waren, in etwas eingehüllt wurden, daß jemand sie in etwas einhüllte und sie wärmte. Als sie aufwachte, fand sie sie in ein Zeitungsblatt eingewickelt. Sie hatte darin gelesen, während sie auf ihn wartete, und hatte es fallen lassen, als der Schlaf sie überwältigte. Und in dieses Zeitungsblatt waren ihre Füße eingewickelt, als jemand kam und ihr sagte, daß er gestorben sei.«
»Der Sarg, in dem sie begraben ist, muß zerbrochen sein. Man hört ein Krachen wie von Brettern.«
»Ja, das höre ich auch.«

In dieser Nacht folgte wieder ein Traum auf den andern. Wozu dieses starke Erleben so vieler Erinnerungen? Warum kam nicht einfach der Tod, statt dieser zarten Musik aus der Vergangenheit?
»Florencio ist gestorben, Doña Susana!«
Wie riesig war dieser Mann, wie groß! Und seine Stimme war hart und so trocken wie die trockenste Erde. Seine Gestalt war undeutlich – oder wurde sie erst nachher undeutlich? –, als wäre er von Regen verhüllt. »Was hat sie gesagt? Florencio? Welchen Florencio hat sie gemeint? Meinen? O, warum weinte ich damals nicht, warum zerging ich nicht in Tränen, um mein Leid fortzuspülen! Herr, es gibt Dich nicht! Ich habe Dich um Schutz für ihn angefleht, ich habe zu Dir gebetet, Du möchtest ihn mir behüten! Darum habe ich Dich angefleht! Aber Du kümmerst Dich nur um die Seelen. Ich aber will seinen

Leib, seinen nackten Leib, heiß von Liebe, siedend vor Begierde, wenn er das Beben meiner Brüste an sich preßt und meiner Arme. Mein durchsichtiger Körper, wie klammert er sich an ihn! Mein leichter Körper, den seine Kraft hält, der seiner Kraft sich hingibt! Was tue ich jetzt mit meinen Lippen, ohne seinen Mund, der sie mir füllte! Was tue ich jetzt mit meinen wehen Lippen!«

Während Susana sich unruhig hin und her wälzte, stand Pedro Páramo an der Tür. Er sah sie an und zählte die Sekunden dieses neuen Traumes, der schon so lange dauerte. Das Öl der Lampe knisterte, und das Flackern der Flamme wurde immer trüber. Bald würde sie verlöschen.

Wenn sie wenigstens Schmerzen hätte statt dieser unruhigen Träume, dieser endlosen, erschöpfenden Träume, dann könnte er ihr vielleicht helfen, dachte er. Er hatte den Blick fest auf sie geheftet und verfolgte jede einzelne ihrer Bewegungen. Was würde geschehen, wenn auch sie verlöschte, wie die Flamme dieses trüben Lichtes, bei dem er sie sah?

Später ging er hinaus. Lautlos schloß er die Tür hinter sich. Draußen löste die reine Nachtluft Susanas Bild von ihm ab.

Kurz vor Tagesanbruch erwachte sie. Sie war schweißbedeckt. Sie warf ihre schweren Decken auf den Boden und tat sogar die Wärme der Laken von sich. Dann lag ihr Körper nackt da, erfrischt vom Morgenwind. Sie seufzte und schlief wieder ein.

So fand sie einige Stunden später der Pfarrer: nackt und schlafend.

»Don Pedro, haben Sie gehört, daß der ›Skorpion‹ geschlagen worden ist?«

»Ich weiß, daß gestern ein Gefecht war, weil ich den Lärm gehört habe, aber weiter weiß ich nichts. Wer hat dir das erzählt, Gerardo?«

»Es sind Verwundete aus Comala hergekommen. Meine Frau hat beim Verbinden mitgeholfen. Sie haben gesagt, daß sie Leute von Damasio sind und daß die Truppe schwere Verluste gehabt hat. Angeblich sind sie auf welche gestoßen, die sich ›Villisten‹ nenen.«

»Zum Teufel! Ich sehe schlimme Zeiten kommen. Und du, Gerardo, was gedenkst du zu tun?«

»Ich geh hier fort, Don Pedro. Nach Sayula. Da werde ich mich von neuem niederlassen.«

»Ihr Advokaten habt es gut. Ihr könnt euer Hab und Gut überall mit hinnehmen, solange man euch nicht einen Kopf kürzer macht.«

»Glauben Sie das ja nicht, Don Pedro! Wir haben anderswo immer mit neuen Schwierigkeiten zu kämpfen. Außerdem schmerzt es, sich von Leuten wie Ihnen zu trennen. Man vermißt die Freundlichkeiten, die sie einem erwiesen haben. Wir zerstören unsere Welt immer von neuem, wenn ich so sagen darf. Wo soll ich die Papiere lassen?«

»Laß sie nicht hier! Nimm sie mit! Oder könntest du nicht überhaupt da, wo du hingehst, meine Geschäfte weiterführen?«

»Ich danke Ihnen für Ihr Vertrauen, Don Pedro, ich danke Ihnen aufrichtig. Aber ich muß Ihnen sagen, daß das unmöglich ist. Es sind da gewisse, sagen wir, Inkorrektheiten vorgekommen ... Es sind Schriftstücke darunter, die niemand außer Ihnen sehen darf. Sie könnten zum Mißbrauch verleiten, wenn sie in andere Hände fielen. Bei Ihnen sind sie am sichersten aufgehoben.«

»Du hast recht, Gerardo. Laß sie hier! Ich werde sie verbrennen. Wer kann mir, mit oder ohne Papiere, mein Eigentumsrecht an dem, was ich besitze, streitig machen?«

»Natürlich niemand, Don Pedro. Wenn Sie gestatten, gehe ich jetzt.«

»Geh mit Gott, Gerardo!«

»Wie sagten Sie, bitte?«

»Ich hab gesagt, daß du mit Gott gehen sollst.«

Der Advokat Gerardo Trujillo ging langsam zur Tür. Er war alt, aber nicht deshalb ging er mit so kurzen, zögernden Schrit-

ten. Er hatte nämlich gehofft, eine Vergütung ausgezahlt zu bekommen. Schon für Don Pedros Vater, Don Lucas – Friede seiner Asche! –, hatte er die Geschäfte geführt, dann hatte er bis jetzt Don Pedros Interessen vertreten und auch noch die Miguels, seines Sohnes. Er hatte wirklich auf eine Entschädigung gehofft, auf eine hohe, splendide Gratifikation. Er hatte zu seiner Frau gesagt:
»Ich werde mich von Don Pedro verabschieden. Er zahlt mir sicher eine Gratifikation aus. Ich möchte fast annehmen, daß es genug Geld sein wird, um uns in Sayula anständig einzurichten und den Rest unserer Tage dort sorgenfrei leben zu können.«
Wieso haben die Frauen immer Zweifel? Bekommen sie's vom Himmel eingeflüstert, oder woher sonst? Sie war durchaus nicht so sicher gewesen, daß er überhaupt etwas erhalten würde.
»Du wirst hart arbeiten müssen, um wieder in die Höhe zu kommen. Von dem da wirst du nichts rausschlagen.«
»Warum meinst du das?«
»Ich weiß es.«
Er ging weiter auf die Tür zu und lauerte darauf, daß Don Pedro hinter ihm herrufen würde: Hallo, Gerardo! Bei all meinen Sorgen hab ich gar nicht an dich gedacht! Du hast mir Gefälligkeiten erwiesen, die man nicht mit Geld bezahlen kann. Nimm dies hier als ein kleines Geschenk!
Aber nichts dergleichen geschah. Er ging zur Tür hinaus und löste den Strick, mit dem sein Pferd an dem Pfahl angebunden war. Er bestieg es und ritt in Richtung auf Comala fort. Er ritt langsam, im Schritt, ohne vom Wege abzuweichen, und versuchte so lange wie möglich in Hörweite zu bleiben, falls man ihn doch noch zurückrufen sollte. Als er die Medialuna hinter sich verschwinden sah, dachte er: »Ich werde mich nicht so erniedrigen, ihn um ein Darlehen zu bitten.«

»Don Pedro, ich bin zurückgekommen, weil ich es mir überlegt habe. Ich will Ihre Geschäfte gern weiterführen.«
Er saß wieder in Pedro Páramos Büro, aus dem er vor noch nicht einer halben Stunde weggegangen war.
»Schön, Gerardo. Die Papiere sind da, wo du sie hingelegt hast.«
»Ich würde auch gerne... ich habe doch jetzt viele Ausgaben..., der Umzug... Vielleicht könnten Sie mir einen kleinen Vorschuß auf die Honorare... Oder, wenn Sie meinen, eine Extravergütung...«
»Fünfhundert?«
»Könnte es nicht etwas mehr..., also sagen wir... ein klein wenig mehr sein?«
»Bist du mit tausend zufrieden?«
»Fünftausend könnten es nicht sein?«
»Fünftausend was? Fünftausend Pesos? Die hab ich gar nicht! Du selber weißt ja am besten, daß alles angelegt ist. In Land, in Vieh. Du weißt es ja. Also nimm die tausend, ich glaube gar nicht, daß du mehr brauchen wirst.«
Er überlegte mit gesenktem Kopf. Er hörte das Geklingel der Pesostücke auf dem Schreibtisch, wo Pedro Páramo das Geld abzählte. Er dachte an Don Lucas, der ihm immer seine Honorare schuldig geblieben war; an Don Pedro, der eine neue Rechnung aufmachte; an dessen Sohn Miguel und die vielen Demütigungen, die er sich von dem Jungen hatte gefallen lassen müssen. Etwa fünfzehnmal, wenn nicht öfter, hatte er ihn vor dem Gefängnis gerettet. Und der Mord, den er an diesem Mann begangen hatte, wie hieß er noch? Rentería, ja. Der ermordete Rentería, dem man eine Pistole in die Hand gedrückt hatte. Schön erschrocken war der kleine Miguel damals gewesen, aber nachher hatte er darüber gelacht. Was das allein Don Pedro gekostet hätte, wenn die Sache weitergegangen wäre, das heißt, wenn es legal zugegangen wäre! Und die Vergewaltigungen, wie war das damit gewesen? Wie oft hatte er den Mädchen Geld aus seiner eigenen Tasche gegeben, damit

sie Gras darüber wachsen ließen. »Hast Schwein gehabt! Jetzt kriegst du ein weißhäutiges Kind!« hatte er zu ihnen gesagt.
»Hier, Gerardo. Paß gut darauf auf, die Pesos wachsen nicht nach.«
Und er, der noch seinen Gedanken nachhing, antwortete: »Nein, auch die Toten wachsen nicht nach.« Und fügte hinzu: »Leider nicht.«

Es war noch lange nicht Morgen. Der Himmel war voller Sterne, voll dicker von Nacht geschwollener Sterne. Der Mond war für kurze Zeit erschienen und dann wieder verschwunden. Es war ein trauriger Mond, so einer, den niemand ansieht, um den niemand sich kümmert. Er war eine Weile am Himmel, verzerrt, ohne Licht zu geben, und dann versteckte er sich hinter den Hügeln.
Von weither, in der Dunkelheit verloren, hörte man das Gebrüll der Stiere.
»Diese Tiere schlafen nie«, sagte Damiana Cisneros. »Niemals schlafen sie. Sie sind wie der Teufel, der immer auf den Beinen ist und Seelen sucht, die er in die Hölle bringen kann.«
Sie drehte sich im Bett um und näherte ihr Gesicht der Wand. Da hörte sie das Klopfen.
Sie hielt den Atem an und öffnete die Augen. Wieder hörte sie drei kurze, harte Schläge. Es klang, als ob jemand mit den Knöcheln an die Wand klopfte, nicht unmittelbar neben ihr, sondern weiter weg, aber an derselben Wand.
»Gott steh mir bei! Das wird doch nicht etwa Beelzebub sein, der da dreimal pocht, um einem, der ihm verfallen ist, anzukündigen, daß seine Stunde gekommen ist?«
Daß sie seit einiger Zeit ihres Rheumatismus wegen nicht zur Novene gegangen war, machte ihr keine Sorgen. Aber sie bekam Angst. Und stärker noch als ihre Angst war ihre Neugier. Lautlos stand sie von ihrem Feldbett auf und sah aus dem Fenster.
Die Felder lagen schwarz da. Aber als sie den riesigen Kör-

per Don Pedro Páramos sah, der an Margaritas Fenster lehnte, da wußte sie gleich, wer es war, so gut kannte sie ihn.
»Dieser Don Pedro!« sagte Damiana. »Immer noch derselbe Schürzenjäger! Warum ihm bloß diese Geheimnistuerei Spaß macht! Wenn er mir Bescheid gesagt hätte, hätte ich der Margarita gesagt, daß der Herr sie heute nacht braucht und er hätte ruhig in seinem Bett bleiben können.«
Als sie das Brüllen der Stiere wieder hörte, schloß sie das Fenster. Sie warf sich auf ihr Feldbett und deckte sich bis über die Ohren zu. Und dann stellte sie sich vor, was jetzt der Margarita geschah.
Etwas später mußte sie sich das Nachthemd ausziehen, die Nacht war sehr schwül geworden...
»Damiana!« hörte sie rufen.
Damals war sie noch ein junges Ding.
»Mach die Tür auf, Damiana!«
Ihr Herz klopfte, als ob eine Kröte ihr zwischen den Rippen herumhüpfte.
»Aber wozu, Herr?«
»Mach auf, Damiana!«
»Aber ich schlafe doch schon, Herr!«
Dann hörte sie, daß Don Pedro stampfend wie immer, wenn er wütend war, über die langen Korridore davonging.
In der nächsten Nacht ließ sie die Tür angelehnt, damit es keinen Ärger gäbe, und zog sich sogar nackt aus, um es ihm leicht zu machen.
Aber Pedro Páramo war nie wiedergekommen.
Inzwischen war sie zur Aufseherin über alle Mägde der Medialuna aufgerückt, sie hatte es verstanden, sich Respekt zu verschaffen. Und doch dachte sie jetzt noch, als alte Frau, an jene Nacht zurück, als der Herr gerufen hatte: »Damiana, mach auf!«
Und sie legte sich nieder und stellte sich vor, wie glücklich Margarita jetzt wohl sein mochte.
Dann hörte sie es wieder klopfen, aber gegen das große Tor. Es klang, als würde mit Gewehrkolben dagegen geschlagen.

Wieder machte sie das Fenster auf und sah in die Nacht hinaus. Sie sah nichts, aber es schien ihr, daß die Erde brodelte, wie nach dem Regen, wenn die Würmer herauskommen. Etwas wie der Dunst vieler Männer drang zu ihr. Sie hörte das Quaken der Frösche, die Grillen, die ruhige Nacht der Regenzeit. Dann hörte sie wieder die Kolbenschläge gegen das Tor.
Eine Lampe warf ihr Licht über die Gesichter einiger Männer. Dann verlöschte sie.
»Das sind Sachen, die mich nichts angehen«, sagte Damiana und schloß das Fenster.

»Ich habe gehört, daß du geschlagen worden bist, Damasio. Warum läßt du dich schlagen?«
»Da hat man Ihnen was Falsches erzählt, Don Pedro. Mir ist gar nichts passiert. Ich hab all meine Leute vollzählig. Da ist nichts weiter losgewesen, als daß ein paar von den ›Alten‹ sich gelangweilt haben, weil sie nichts zu tun hatten, und da haben sie auf einen Trupp Soldaten geschossen, und dann hat sich rausgestellt, daß das ein ganzes Heer war. Villisten, wissen Sie?«
»Und wo sind die hergekommen?«
»Die kommen aus dem Norden und räumen alles aus dem Weg, was ihnen in die Quere kommt. Die ziehen, scheint's, durch das ganze Land und sehen, was zu machen ist. Sie sind mächtig stark, alles, was recht ist!«
»Und warum tust du dich nicht mit ihnen zusammen? Ich hab dir doch gesagt, daß man mit dem gehen muß, der siegt.«
»Ich bin ja schon bei ihnen!«
»Also warum kommst du dann her zu mir?«
»Wir brauchen Geld, Don Pedro. Wir haben es satt, immer Fleisch zu essen. Wir haben schon keinen Appetit mehr darauf. Und niemand will uns was borgen. Darum sind wir hergekommen. Sie sollen uns versorgen, dann brauchen wir niemandem was wegzunehmen. Wenn wir weit weg wären,

würde es uns ja nichts ausmachen, mal den Leuten auf die Bude zu rücken. Aber hier sind wir alle miteinander verwandt, und wenn wir denen was klauen, dann schlägt uns das Gewissen. Wir brauchen Geld, wenn wir auch nur eine Tortilla mit Chile kaufen wollen. Und vom Fleischfressen haben wir jetzt genug.«
»Du scheinst mir anspruchsvoll zu werden, Damasio.«
»Keine Spur, Don Pedro. Ich trete nur für meine Leute ein. Mir selber ist das ganz egal.«
»Das ist ja sehr schön von dir, daß du für deine Leute sorgst. Aber was du brauchst, das hol dir gefälligst anderswo! Von mir hast du schon was bekommen. Sei zufrieden mit dem, was ich dir gegeben habe! Und was ich dir jetzt sagen werde, das ist nicht etwa ein Ratschlag, aber bist du nicht selber schon auf den Gedanken gekommen, mal einen Überfall auf Contla zu machen? Wozu, meinst du eigentlich, machst du Revolution? Wenn du um Almosen betteln willst, kannst du mir leid tun. Dann geh lieber zu deiner Frau und betreib Hühnerzucht! Fall über ein Dorf her! Wenn du selber deine Haut zu Markte trägst, warum zum Teufel sollen dann die anderen nicht auch etwas beisteuern? Contla ist gesteckt voll von Reichen. Nimm ihnen ein bißchen weg von dem, was sie haben! Oder glaubst du, du bist ihr Kindermädchen und bist dazu angestellt, für ihre Interessen zu sorgen? Nein, Damasio. Zeig ihnen, daß du nicht zum Vergnügen oder zum Zeitvertreib herumziehst! Nimm sie dir mal tüchtig vor, dann sollst du sehen, was du aus dem Schlamassel alles mit nach Hause bringst.«
»Da haben Sie recht, Herr. Von Ihnen kriegt man doch immer was Nützliches mit.«
»Hoffentlich weißt du's zu nutzen!«
Pedro Páramo sah zu, wie die Leute abzogen. Die dunklen Pferde verschmolzen mit der Nacht. Er hörte, wie sie an ihm vorbeitrabten. Er spürte den Schweiß und den Staub und das Beben der Erde. Als er sah, daß die Lichter der Leuchtkäferchen wieder hin und her zuckten, wußte er, daß alle fort wa-

ren. Er blieb da, allein, ein harter Baumstamm, der anfing, innen morsch zu werden.
Er dachte an Susana San Juan. Er dachte an das junge Ding, mit dem er eben noch geschlafen hatte; an diesen kleinen, verängstigten, zitternden Körper, dem das Herz bis in die Lippen hinein bebte.
»Kleines Häufchen Fleisch«, hatte er zu ihr gesagt. Und er hatte sie umarmt und versucht, sie in Susanas Fleisch zu verwandeln. »Eine Frau, die nicht von dieser Welt war.«

Wenn es anfängt, Morgen zu werden, kehrt der Tag langsam um. Man hört fast die verrosteten Angeln der Erde, die sich drehen, das Schwingen dieser alten Erde, die ihre Dunkelheit von sich wirft.
»Nicht wahr, Justina, die Nacht ist doch voller Sünde?«
»Ja, Susana.«
»Und ist das wirklich wahr?«
»Es muß wahr sein, Susana.«
»Und, was meinst du, ist denn das ganze Leben anderes als eine einzige Sünde? Hörst du nicht? Hörst du nicht, wie die Erde knarrt?«
»Nein, Susana, ich kann gar nichts hören. Ich bin nicht so tüchtig wie du.«
»Du würdest staunen, ich sag dir, du würdest staunen, wenn du hörtest, was ich alles höre.«
Justina fuhr fort, das Zimmer aufzuräumen. Sie rieb ein ums andere Mal mit dem Scheuerlappen über die feuchten Dielen des Bodens. Sie wischte das Wasser aus der zerbrochenen Vase auf, nahm die Blumen zusammen und tat die Scherben in den vollen Wassereimer.
»Wieviel Vögel hast du in deinem Leben getötet?«
»Viele, Susana.«
»Und hat es dir nicht leid getan?«
»Ja, Susana.«
»Worauf wartest du dann, um zu sterben?«

»Auf den Tod, Susana.«
»Wenn es weiter nichts ist als das, der wird schon kommen! Darum mach dir keine Sorgen!«
Susana San Juan saß im Bett auf ihren Kissen. Ihre unruhigen Augen spähten nach allen Seiten. Die Hände hielt sie auf ihrem Leib, an ihren Leib geschmiegt wie eine schützende Muschelschale. Ein leichtes Summen von Flügeln glitt über ihrem Kopf dahin. Und das Quietschen der Riemen im Ziehbrunnen. Und die Laute erwachender Menschen.
»Glaubst du an die Hölle, Justina?«
»Ja, Susana. Und auch an den Himmel.«
»Ich glaube nur an die Hölle«, sagte sie und schloß die Augen.
Als Justina das Zimmer verließ, war Susana wieder eingeschlafen, und draußen sprühte die Sonne. Sie traf unterwegs auf Pedro Páramo.
»Wie geht es meiner Frau?«
»Schlecht«, sagte sie und senkte den Kopf.
»Klagt sie?«
»Nein, Don Pedro, sie klagt über nichts. Aber man sagt ja, daß die Toten nicht mehr klagen. Doña Susana ist für uns alle verloren.«
»Ist der Pfarrer nicht bei ihr gewesen?«
»Er ist gestern abend dagewesen und hat ihr die Beichte abgenommen. Heute hätte sie kommunizieren sollen. Aber sie ist wohl nicht im Stand der Gnade, denn der Herr Pfarrer hat ihr nicht die heilige Kommunion gespendet. Er hat gesagt, er würde ganz früh kommen, und sehen Sie, die Sonne ist schon heraus, und er ist noch nicht da. Sie ist wohl nicht im Stand der Gnade.«
»In wessen Gnade?«
»In Gottes Gnade.«
»Sei nicht töricht, Justina!«
»Wie Sie meinen, Herr.«
Pedro Páramo öffnete die Tür und blieb neben ihr stehen,

so daß ein Lichtstrahl auf Susana San Juan fiel. Er sah, daß ihre Augen zusammengekniffen waren, wie bei Menschen, die Schmerzen haben. Ihr Mund war angefeuchtet und stand offen. Die Bettücher waren von bewußtlosen Händen zurückgeschoben, so daß man ihren nackten Körper sah, der eben anfing, sich in Zuckungen zu winden.

Er durchschritt die kleine Entfernung bis zu ihrem Bett und deckte ihren nackten Körper zu, der sich wie ein Wurm in immer heftigeren Krämpfen wand. Er näherte seine Lippen ihrem Ohr und sagte: »Susana«. Und dann wiederholte er es: »Susana!«

Die Tür ging auf, der Pfarrer trat ein und bewegte ein wenig die Lippen.

»Ich will dir die Kommunion erteilen, meine Tochter.«

Er wartete, bis Pedro Páramo sie aufgerichtet und an das Kopfende des Bettes gelehnt hatte. Susana streckte halb im Schlaf die Zunge aus und schluckte die Hostie. Dann sagte sie: »Wir sind eben sehr glücklich miteinander gewesen, Florencio.« Dann versank sie wieder in der Gruft ihrer Bettlaken.

»Können Sie dort auf der Medialuna das Fenster sehen, wo die ganze Zeit das Licht gebrannt hat?«

»Nein, Angeles, ich sehe kein Fenster.«

»Ja, es ist auch gerade eben ausgelöscht worden. Es wird doch nicht etwas Schlimmes auf der Medialuna geschehen sein? Seit mehr als drei Jahren ist das Fenster Nacht für Nacht immer erleuchtet gewesen. Leute, die dort gewesen sind, sagen, daß das das Zimmer von Pedro Páramos Frau ist, eine arme Verrückte, die immer Angst vor der Dunkelheit hat. Und denk dir, gerade eben ist das Licht ausgegangen. Ob da nicht was Schlimmes geschehen ist?«

»Vielleicht ist sie gestorben. Sie war sehr krank. Sie soll niemanden mehr erkannt haben, und die Leute sagen, daß sie Selbstgespräche geführt hat. Etwas Schönes hat Pedro Páramo sich da aufgeladen, als er diese Frau geheiratet hat!«

»Armer Don Pedro!«
»Nein, Fausta. Er hat das verdient. Das und noch viel mehr.«
»Sehen Sie, das Fenster ist immer noch dunkel.«
»Nun schweigen Sie schon von dem Fenster und lassen Sie uns schlafen gehen. So zwei alte Weiblein wie wir sollten um diese Zeit nicht mehr auf der Straße sein.«
Und die beiden Frauen, die kurz vor elf Uhr aus der Kirche gekommen waren, verschwanden unter den Bogen der Arkaden. Sie sahen noch, wie der Schatten eines Mannes den Platz in Richtung auf die Medialuna kreuzte.
»Sehen Sie mal, Doña Fausta, ist dieser Herr, der dort geht, nicht der Doktor Valencia?«
»Ja, das scheint er zu sein, obwohl ich so schlecht sehe, daß ich ihn nicht wiedererkennen würde.«
»Sie wissen doch, daß er immer weiße Hosen und ein schwarzes Jackett trägt. Ich möchte wetten, daß auf der Medialuna etwas Schlimmes passiert ist. Und sehen Sie nur, wie rasch er geht, es scheint ihm furchtbar eilig zu sein.«
»Hoffentlich ist es nichts wirklich Ernstes. Ich hätte Lust zurückzugehen und dem Herrn Pfarrer zu sagen, daß er mal dort vorbeigehen soll, damit die Arme nicht etwa ohne Beichte stirbt.«
»Sowas darf man nicht mal im Spaß denken! Da sei Gott vor! Nach all dem, was sie in dieser Welt gelitten hat, kann wirklich niemand ihr wünschen, daß sie ohne geistlichen Trost aus dem Leben geht und im Jenseits weiter leiden muß. Die Wahrsager behaupten zwar, daß den Verrückten die Beichte nichts nützt und daß sie auf jeden Fall unschuldig sind, auch wenn ihre Seele nicht im Stand der Gnade ist. Das sind Dinge, die nur Gott allein weiß... Sehen Sie, jetzt ist wieder Licht im Fenster. Gott gebe, daß alles gut geht! Stellen Sie sich bitte vor, was aus all der Arbeit wird, die wir uns diese ganzen Tage gemacht haben, damit die Kirche zu Weihnachten in Ordnung ist und hübsch aussieht! Bei dem Einfluß, den Don Pedro hat, macht er uns im Nu die ganze Feier zuschanden.«

»Sie denken auch immer gleich an das Schlimmste, Doña Fausta! Machen Sie es lieber so wie ich: überlassen Sie alles der göttlichen Vorsehung! Beten Sie ein Avemaria zur Jungfrau, und ich bin sicher, daß in der nächsten Zeit nichts passiert. Danach geschehe dann Gottes Wille! Schließlich und endlich hat sie wohl nicht mehr viel Freude am Leben.«
»Sie machen einem immer wieder Mut, wirklich, Angeles! Mit diesem Gedanken will ich jetzt einschlafen. Man sagt ja, daß die Gedanken, die man im Traum hat, schnurgerade in den Himmel fliegen. Gebe Gott, daß meine auch so hoch steigen! Auf Wiedersehen morgen!«
»Bis morgen, Fausta!«
Und die beiden Alten, die Tür an Tür wohnten, gingen ins Haus. In der Stille schloß die Nacht sich wieder über dem Dorf zusammen.

»Ich habe den Mund voller Erde.«
»Ja, Hochwürden.«
»Sag nicht: ja, Hochwürden! Wiederhole mit mir, was ich dir sagen werde!«
»Was werden Sie mir sagen? Wollen Sie mir wieder die Beichte abnehmen? Warum noch einmal?«
»Das wird keine Beichte sein, Susana. Ich bin nur gekommen, um mich mit dir zu unterhalten, um dich auf den Tod vorzubereiten.«
»Werde ich denn schon sterben?«
»Ja, meine Tochter.«
»Warum lassen Sie mich dann nicht in Frieden? Ich möchte schlafen. Man hat Ihnen wahrscheinlich aufgetragen, mich am Schlafen zu hindern, bei mir zu bleiben, bis meine Müdigkeit vorbei ist. Und was kann ich dann tun, um wieder müde zu werden? Nichts. Warum gehen Sie nicht lieber, Hochwürden, und lassen mich zufrieden?«
»Ich werde dich in Frieden zurücklassen, Susana. Wenn du die Worte wiederholst, die ich dir vorspreche, wirst du nach

und nach einschlafen. Und wenn du erst einmal eingeschlafen bist, wird niemand dich wieder aufwecken... Du wirst nicht mehr aufwachen.«

»Gut, Hochwürden. Ich werde das tun, was Sie sagen.«

Der Pfarrer saß auf dem Rand des Bettes. Seine Hände ruhten auf Susanas Schultern. Mit dem Mund dicht an ihren Ohren, um leise sprechen zu können, steckte er ihr heimlich jedes seiner Worte zu. »Ich habe den Mund voller Erde.« Dann hielt er ein. Er versuchte zu sehen, ob ihre Lippen sich bewegten. Und er sah, daß sie etwas stammelte, aber es war kein Laut vernehmbar.

»Ich habe den Mund voll von dir, von deinem Mund. Deine Lippen sind fest geschlossen und hart und wenn sie meine Lippen berühren, ist es, als ob sie beißen...«

Auch sie hielt ein. Sie sah den Pfarrer verstohlen an und sah ihn ferne, wie hinter einer beschlagenen Scheibe. Dann hörte sie wieder die Stimme, die warm an ihr Ohr schlug:

»Ich schlucke schaumigen Speichel. Ich kaue Erdschollen, die von Würmer wimmeln, und die Würmer verschlingen sich in meiner Kehle und kratzen an der Gaumenwand... Mein Mund fällt ein, verzieht sich zu Grimassen, die Zähne durchbohren und verschlingen ihn. Die Nase wird weich. Die Gelatine der Augen schmilzt. Die Haare brennen in einer einzigen Flamme...«

Susana San Juans Ruhe erstaunte ihn. Er hätte sich gewünscht, ihre Gedanken zu erraten, zuzusehen, wie ihr Herz kämpfte, um die Bilder zu verscheuchen, die er in sie hineinsäte. Er sah ihr in die Augen, und sie gab ihm den Blick zurück. Und fast schien es ihm, als ob ihre Lippen ein Lächeln unterdrückten. Er flüsterte:

»Es fehlt noch etwas. Die Erscheinung Gottes. Das weiche Licht seines unendlichen Himmels. Die Wonne der Cherubim und der Gesang der Seraphe. Die Freude in den Augen Gottes, letzte, flüchtige Vision der zur Höllenstrafe Verdammten. Aber das ist es nicht allein. Gleichzeitig peinigt uns irdischer Schmerz.

Das Mark unserer Knochen ist zu Glut geworden und die Adern unseres Blutes zu Feuerströmen, und wir bocken und springen vor unausdenkbarem Schmerz. Und der Schmerz läßt nie nach, Gottes Zorn schürt ihn immer aufs neue.«
»Er gab mir Schutz in seinen Armen. Er gab mir Liebe.«
Der Blick des Pfarrers überflog die Gestalten, die um ihn herum waren und auf den letzten Augenblick warteten. Nahe der Tür stand Pedro Páramo. Er hatte die Arme über der Brust gekreuzt. Neben ihm stand Doktor Valencia und dicht dabei andere Herren. Weiter weg, im Schatten, ein paar Frauen, die es schon nicht mehr erwarten konnten, mit dem Totengebet zu beginnen.
Er dachte daran aufzustehen, der Kranken die Letzte Ölung zu spenden und zu sagen: »Ich bin fertig.« Aber nein, noch war er nicht fertig. Wie konnte er einem Menschen die Sterbesakramente reichen, ohne zu wissen, wie tief seine Reue war!
Es kamen ihm Zweifel. Vielleicht hatte sie gar nichts zu bereuen. Er neigte sich wieder über sie, rüttelte sie an den Schultern und sagte leise:
»Du wirst vor Gottes Angesicht erscheinen. Und sein Richtspruch ist vernichtend für den Sünder!«
Dann näherte er seinen Mund wieder ihrem Ohr, aber sie schüttelte den Kopf.
»Gehen Sie nur, Hochwürden! Um mich machen Sie sich keine Sorgen! Ich bin ruhig und sehr müde.«
Man hörte eine der Frauen schluchzen, die irgendwo im Dunkeln verborgen waren.
Da schien wieder Leben in Susana San Juan zu kommen. Sie setzte sich im Bett auf und sagte:
»Justina, tu mir die Liebe und weine anderswo!«
Dann fühlte sie, wie der Kopf sich ihr in den Leib bohrte. Sie versuchte, den Leib vom Kopf abzustemmen, ihn beiseite zu schieben, diesen Leib, der ihr auf die Augen drückte und ihr den Atem abschnitt. Aber sie sank immer mehr nach vorne und fühlte, daß sie in der Nacht unterging.

»Ja, ich! Ich habe Doña Susanita sterben sehen!«
»Was sagst du, Dorotea?«
»Das, was ich dir eben gesagt habe.«

Bei Tagesanbruch wurden die Einwohner von Comala durch das Glockengeläute geweckt. Es war der Morgen des 8. Dezember. Ein grauer Morgen, nicht kalt, aber grau. Die große Glocke war die erste, die läutete, die übrigen folgten ihr. Einige glaubten, sie riefen zum Hochamt. Die Türen öffneten sich, aber nur wenige, nur die, hinter denen Leute wachgelegen und auf das Morgenläuten gewartet hatten, das ihnen das Ende der Nacht ankündigen würde. Aber das Läuten dauerte länger als gewöhnlich. Jetzt läuteten nicht nur die Glocken der Hauptkirche, auch die der Erlöserkirche und der Grünen-Kreuz-Kirche und vielleicht auch die der Kirche Unserer Lieben Frau von Guadalupe. Es kam der Mittag, und die Glocken läuteten weiter. Es kam die Nacht. Und die Glocken läuteten Tag und Nacht, alle zusammen und immer stärker, bis aus dem Läuten ein hallendes, dröhnendes Jammern wurde. Die Menschen schrien, um ihre Worte zu hören. »Was mag da geschehen sein?« fragten sie sich.
Nach drei Tagen waren alle taub. Das Brausen, das die Luft erfüllte, machte das Sprechen unmöglich. Aber die Glocken läuteten weiter, weiter. Einige klangen schon heiser wie ein zerbrochener Krug.
»Doña Susana ist gestorben.«
»Wer ist gestorben?«
»Die Frau.«
»Deine Frau?«
»Pedro Páramos Frau.«
Von dem unaufhörlichen Geläute angezogen, strömten Menschen aus anderen Gegenden herbei. Aus Contla und von noch weiter her kamen sie wie auf Pilgerfahrt. Von irgendwoher traf ein Zirkus mit Karussellen und Luftschaukeln ein. Auch Musikanten kamen. Erst taten sie wie Zuschauer, aber nach einer

Weile hatten sie sich schon häuslich niedergelassen, und bald gab es auch Straßenmusik. Und nach und nach wurde ein Fest daraus. Comala wimmelte von Menschen, dröhnte von Rummel und Radau, ganz wie an dem Fest des Schutzheiligen, wenn jeder Schritt vorwärts Mühe kostete.
Die Glocken hörten auf zu läuten, aber das Fest ging weiter. Es war unmöglich, den Leuten klarzumachen, daß es sich um einen Trauerfall handelte, daß dies Tage der Trauer waren. Es war unmöglich, sie fortzuschicken, es kamen im Gegenteil immer neue dazu.
Die Medialuna lag einsam und schweigend da. Alle gingen barfuß, alle sprachen leise. Susana San Juan wurde begraben, und in Comala erfuhren nur sehr wenige davon. Dort war Jahrmarkt mit Hahnenkämpfen und Musik, mit dem Gegröhle der Betrunkenen und der Lotterie-Ausrufer. Die Lichter des Dorfes leuchteten bis zur Medialuna hin, wie ein Glorienschein am grauen Himmel. Denn für die Medialuna waren es graue, traurige Tage. Don Pedro sprach nicht. Er verließ sein Zimmer nicht. Er schwur, sich an Comala zu rächen:
»Ich werde keinen Finger mehr rühren, und Comala wird verhungern.«
Und so machte er es. –

Der »Skorpion« kam immer wieder.
»Jetzt sind wir Carrancisten!«
»Gut.«
»Jetzt sind wir beim General Obregón!«
»Gut.«
»Die haben Frieden geschlossen. Wir ziehen jetzt auf eigene Faust herum.«
»Warte ab! Entwaffne deine Leute nicht! Das kann nicht lange dauern.«
»Der Pfarrer Rentería führt einen Trupp Aufständischer. Sollen wir mit ihm gehen oder gegen ihn?«
»Das ist doch klar. Du kämpfst auf seiten der Regierung.«

»Aber wir sind doch keine regulären Soldaten. Für die sind wir doch Rebellen.«
»Dann geh heim und ruh dich aus!«
»Wo ich so schön im Zug bin?«
»Mach, was du willst!«
»Ich werde meine Leute dem Herrn Pfarrer bringen. Ich mag das gern hören, was die immer rufen. Außerdem gewinnt man dabei das Seelenheil.«
»Mach, was du willst!«

Pedro Páramo saß auf einem alten Rohrstuhl neben dem Tor der Medialuna, kurz bevor die letzten Schatten der Nacht sich auflösten. Er war seit drei Stunden allein. Er schlief nicht. Er hatte Schlaf und Zeit vergessen. »Wir Alten schlafen wenig, fast nie. Manchmal schlummern wir etwas ein, aber darum hören wir doch nicht auf zu denken. Das ist das einzige, was mir noch zu tun übrig bleibt.« Dann fügte er laut hinzu: »Er wird nicht mehr lang auf sich warten lassen. Nicht lange mehr.«
Und er sprach weiter: »Es ist schon lange her, Susana, daß du gegangen bist. Das Licht war damals ebenso wie jetzt, nur nicht so rot. Aber es war dasselbe arme, glanzlose Licht, und dasselbe weiße Nebeltuch hüllte es ein wie jetzt. Es war derselbe Augenblick. Ich stand hier, neben dem Tor, und sah zu, wie es Morgen wurde, und sah zu, wie du auf dem Wege zum Himmel von mir gingst, dorthin, wo der Himmel sich auftat und nur noch Licht war, und wie du dich immer weiter entferntest und zwischen den Schatten der Erde immer mehr verblichst.
Es war das letzte Mal, daß ich dich sah. Du kamst an mir vorbei und streiftest mit deinem Körper die Zweige des Paradiesbaumes, der auf dem Weg steht, und der Luftzug nahm seine letzten Blätter mit. Ich sagte zu dir: ›Komm wieder, Susana!‹«
Pedro Páramo fuhr fort, die Lippen zu bewegen und Worte

zu murmeln. Dann schloß er den Mund und öffnete ein wenig die Augen, in denen sich die schwache Helligkeit des Morgengrauens spiegelte.
Es wurde Tag.

Zu derselben Stunde fegte Doña Inés, Gamaliel Villalpandos Mutter, die Straße vor dem Krämerladen ihres Sohnes, als Abundio Martínez daherkam und durch die halb angelehnte Tür eintrat. Er fand Gamaliel auf dem Ladentisch liegend eingeschlafen, mit dem Hut über dem Gesicht, um nicht von den Fliegen belästigt zu werden. Er mußte eine geraume Weile warten, bis Gamaliel endlich aufwachte; er mußte warten, bis Doña Inés mit dem Fegen fertig war, ihren Sohn mit dem Besenstiel in die Rippen stieß und sagte:
»Da ist ein Kunde. Steh auf!«
Gamaliel richtete sich schlecht gelaunt auf und brummte etwas. Er hatte rote Augen vom späten Schlafengehen und vom Herumsitzen und Saufen mit den Betrunkenen. Als er schließlich auf dem Ladentisch saß, verwünschte er seine Mutter, verwünschte sich selbst und verwünschte ein übers andere Mal das Leben, »das keinen Scheißdreck wert ist«. Dann rückte er sich wieder zurecht, und als er, mit den Händen zwischen den Beinen, schon fast wieder eingeschlafen war, schimpfte er immer noch vor sich hin:
»Was kann ich denn dafür, wenn um diese Zeit die Betrunkenen frei herumlaufen!«
»Mein armer Sohn! Sei ihm nicht böse, Abundio! Der Arme hat ein paar Handlungsreisende bedienen müssen, die die ganze Nacht gesoffen haben. Was kommst du so früh her?«
Sie schrie es ihm zu, denn Abundio war taub.
»Geben Sie mir mal einen halben Liter Schnaps. Den kann ich gut brauchen.«
»Ist die Cuca wieder ohnmächtig geworden?«
»Sie ist schon gestorben, Mutter Villa. Gestern abend, so um elf herum. Und ich hab doch sogar meine Esel verkauft, ich

meine, sogar die hab ich verkauft, damit sie wieder gesund wird!«

»Ich kann nicht hören, was du sagst. Oder sagst du gar nichts? Was sagst du?«

»Daß ich nachts bei der Toten gewacht habe, bei der Cuca. Sie hat gestern abend den letzten Schnaufer getan.«

»Also deshalb hab ich so eine Ahnung gehabt. Denk dir, ich hab noch zu dem Gamaliel gesagt: ›Ich hab so eine Ahnung, daß jemand im Dorf gestorben ist.‹ Aber er hat sich gar nicht um mich gekümmert. Er mußte ja den Reisenden um den Bart gehen, und da hat er sich dann betrunken. Und du weißt ja, wenn er in diesem Zustand ist, dann muß er über alles lachen und hört gar nicht hin, wenn man ihm was sagt. Also, was du nicht sagst! Und sind Gäste zur Totenwache da gewesen?«

»Nicht ein einziger, Mutter Villa! Darum will ich ja den Schnaps, um meinen Kummer loszuwerden!«

»Willst du ihn rein?«

»Ja, Mutter Villa. Dann ist man schneller betrunken. Und geben Sie ihn mir schnell, ich hab keine Zeit.«

»Ich werd dir zwei Deziliter mehr für denselben Preis geben, weil du es bist. Und geh und sag der Toten, daß ich sie immer gern gehabt hab und daß sie an mich denken soll, wenn sie in den Himmel kommt!«

»Ja, Mutter Villa.«

»Sag es ihr, bevor sie ganz zerfallen ist.«

»Ich sag es ihr. Ich weiß, daß sie auch mit Ihnen rechnet, daß Sie für sie beten. Sie können sich vorstellen, wie unglücklich die Arme war, weil niemand da war, der ihr beigestanden hat.«

»Was, hast du denn nicht den Pfarrer geholt?«

»Ich hab ihn geholt, aber man hat mir gesagt, daß er in den Bergen ist.«

»In welchen Bergen?«

»Na, dahinten, weit weg. Sie wissen doch, daß die Revolution machen?«

»Also der auch! Wir Armen, Abundio!«
»Was geht das uns an, Mutter Villa? Für uns ist das gehupft wie gesprungen. Geben Sie mir noch einen Schnaps! Drücken Sie mal ein Auge zu! Der Gamaliel schläft ja sowieso.«
»Aber vergiß nicht, die Cuca zu bitten, daß sie für mich zu Gott beten soll, wo ich es so nötig habe!«
»Darum machen Sie sich keine Sorgen! Ich sag es ihr gleich, wenn ich nach Haus komme. Und ich werd ihr sogar sagen, daß sie mir ihr Wort drauf geben soll, für den Fall, daß das nötig ist und damit Sie sich keine Sorgen mehr machen.«
»Ja, das ist gut, das tu nur! Du weißt ja, wie die Frauen sind. Und wenn sie was versprechen, dann muß man dafür sorgen, daß sie es sofort tun.«
Abundio Martínez legte wieder zwanzig Centavos auf den Ladentisch.
»Geben Sie mir noch einen halben Liter, Mutter Villa! Und wenn Sie mir noch 'ne Kleinigkeit mehr geben wollen, dann hab ich auch nichts dagegen. Aber das versprech ich Ihnen, den trink ich nun neben meiner lieben Toten aus, neben meiner Cuca.«
»Also geh schon, bevor mein Sohn aufwacht! Er ist immer sehr schlechter Laune, wenn er mit einem Kater aufwacht. Mach, daß du wegkommst und vergiß nicht, deiner Frau meine Bestellung auszurichten.«
Er ging niesend aus dem Laden fort. Das war ja das reine Feuer! Aber da man ihm gesagt hatte, daß es einem so schneller zu Kopf steigt, trank er einen Schluck nach dem andern und wedelte sich mit dem Hemdzipfel Luft in den Rachen. Dann versuchte er, schnurstracks nach Hause zu gehen, wo die Cuca schon auf ihn wartete. Aber er kam vom Wege ab und ging die Straße aufwärts aus dem Dorf hinaus und aufs Geratewohl den schmalen Pfad entlang.
»Damiana!« rief Pedro Páramo. »Komm her und sieh, was dieser Mann will, der dort kommt!«
Abundio ging weiter, stolperte, senkte den Kopf und kroch

manchmal auf allen vieren vorwärts. Er fühlte, daß die Erde sich krümmte, um ihn herumwirbelte und ihm dann weglief. Er lief hinter ihr her, um sie zu packen und immer wenn er sie gerade zwischen den Händen hielt, entwischte sie ihm wieder. Schließlich kam er zu einem Herrn, der vor einem Tor saß. Da blieb er stehen:
»Ich bitte um eine kleine Beihilfe zum Begräbnis meiner Frau!«
Damiana Cisneros betete: »Rette uns, Herr, vor den Fallstricken des Bösen!« Und sie machte mit den Händen das Zeichen des Kreuzes und streckte es ihm entgegen.
Abundio Martínez sah mit entsetzten Augen die Frau an, die ihm das Kreuz entgegenhielt, und erschrak. Am Ende war der Teufel hinter ihm her. Er drehte sich um, voller Angst, hinter sich ein Wesen der Hölle zu erblicken. Als er nichts sah, wiederholte er:
»Eine kleine Beihilfe, damit ich meine tote Frau begraben kann!«
Er hatte die Sonne im Rücken. Sie war eben aufgegangen, fast kalt und unkenntlich vom Staub der Erde.
Pedro Páramos Gesicht verbarg sich unter den Decken, als verberge es sich vor dem Licht. Damianas Schreie gellten immer schneller hintereinander über die Felder:
»Don Pedro wird ermordet!«
Abundio Martínez hörte, daß die Frau da schrie. Er wußte nicht, was er tun sollte, damit dieses Geschrei aufhörte. Er kam nicht mit seinen Gedanken zurecht. Er begriff nur, daß man die Schreie bis sehr weit weg hören mußte. Vielleicht hörte sie sogar die Cuca, denn ihm durchbohrten sie die Ohren, wenn er auch nicht verstand, was die Frau da schrie. Er dachte an Cuca, die allein im Hof seines Häuschens auf dem Feldbett lag, wohin er sie gebracht hatte, damit der Tau auf sie fiele und sie nicht sobald anfinge schlecht zu riechen. Die Cuca, die gestern noch mit ihm zu Bett gegangen war, quicklebendig, die wie ein junges Füllen mit ihm herumgetollt, ihn gebissen und ihre Nase an seiner gerieben hatte. Die Cuca, die ihm diesen

kleinen Sohn geschenkt hatte, der starb, kaum daß er geboren war, angeblich, weil sie keine gesunden Kinder haben konnte. Weil sie den bösen Blick hatte und Malaria und Durchfall und weiß Gott was für Krankheiten noch, wie der Doktor gesagt hatte, der im letzten Augenblick noch gekommen war und soviel verlangt hatte, daß er seine Esel verkaufen mußte. Und es hatte nichts mehr genützt. Die Cuca, die jetzt da unten mit geschlossenen Augen im feuchten Tau lag und nicht sah, daß es Morgen wurde, und die Sonne nicht sah, diese nicht und nie wieder eine.

»Eine kleine Beihilfe!« sagte er. »Geben Sie mir etwas!«
Aber nicht einmal sich selbst konnte er hören. Die Schreie der Frau machten ihn taub.
Über den Weg von Comala bewegten sich ein paar schwarze Pünktchen. Plötzlich wurden aus den Pünktchen Männer, und gleich darauf waren sie da, neben ihm. Damiana Cisneros hörte auf zu schreien. Sie tat ihr Kreuz auseinander. Sie war hingefallen und hatte den Mund offen, als wollte sie gähnen.
Die Männer, die gekommen ware, hoben sie vom Boden auf und trugen sie in das Innere des Hauses.
»Ist Ihnen nichts geschehen, Herr?« fragten sie.
Pedro Páramos Gesicht kam unter den Decken zum Vorschein. Er schüttelte nur den Kopf.
Sie nahmen Abundio das blutige Messer ab, das er noch immer in der Hand hielt.
»Komm mit uns!« sagten sie. »Da hast du dir was Schönes eingebrockt!«
Und er ging mit ihnen.
Bevor sie ins Dorf kamen, bat er um die Erlaubnis, einen Augenblick beiseite zu treten. Er brach etwas Gelbes aus, wie Galle, Ströme und Ströme, als hätte er zehn Liter Wasser getrunken. Dann fing sein Kopf an zu brennen, und er fühlte, daß die Zunge ihm schwer wurde.
»Ich bin betrunken«, sagte er.
Er ging zu den anderen zurück. Auf ihre Schultern gestützt,

ließ er sich mitschleifen. Mit den Fußspitzen zog er eine Furche in der Erde.

Da hinten saß Pedro Páramo auf seinem Rohrstuhl und sah dem Zug nach, der sich dem Dorf näherte. Er fühlte, daß seine linke Hand ihm tot auf die Knie fiel, als er sie heben wollte, aber er beachtete es nicht weiter. Er war gewohnt, jeden Tag ein Stück von sich sterben zu sehen. Er sah, wie der Paradiesbaum sich schüttelte und seine Blätter fallen ließ: »Alle nehmen denselben Weg, alle gehen fort.« Dann kehrten seine Gedanken dahin zurück, wo er sie abgebrochen hatte.
»Susana!« sagte er. Er schloß die Augen. »Ich bat dich, du möchtest wiederkommen.«
Es war ein großer Mond inmitten der Welt.
»Die Augen gingen mir über, als ich dich ansah. Die Mondstrahlen schienen durch dein Antlitz hindurch. Ich konnte mich nicht satt sehen an dieser Erscheinung, an dieser Gestalt, in der du mir erschienst. Weich warst du, mit Mondenlicht eingerieben. Dein Mund war aufgeworfen, feucht, von Sternen schimmernd. Dein Körper sah durchsichtig aus in dem Wasser der Nacht. Susana! Susana San Juan!«
Er wollte die Hand heben, um das Bild klar vor sich zu sehen, aber seine Beine hielten sie fest, als wäre sie aus Stein. Er wollte die andere Hand heben, und sie fiel langsam neben ihm nieder, bis sie auf den Boden traf und wie eine Krücke seine kraftlose Schulter stützte.
»Das ist mein Tod«, sagte er.
Die Sonne floß über die Dinge hin und gab ihnen ihre Form zurück. Das verfallene Land lag leer vor ihm. Die Wärme durchdrang ihn. Seine Augen bewegten sich fast nicht mehr. Sie sprangen von einer Erinnerung zur andern, die Gegenwart verschwamm ihnen. Plötzlich stand sein Herz still, und es schien, als ob auch die Zeit still stände und die Luft des Lebens.
»Nur nicht noch eine Nacht!« dachte er.
Denn er hatte Angst vor den Nächten, die die Dunkelheit ihm

mit Gespenstern bevölkerte, Angst, mit seinen Gespenstern allein zu sein. Davor hatte er Angst.

»In ein paar Stunden wird Abundio mit seinen blutigen Händen ankommen und die ›kleine Beihilfe‹ von mir fordern, die ich ihm abgeschlagen habe. Und ich werde keine Hände haben, um mir die Augen zuzuhalten, damit ich ihn nicht sehen muß. Und ich werde ihn anhören müssen, bis seine Stimme mit dem Tag erlischt, bis seine Stimme stirbt.«

Er fühlte, daß Hände seine Schultern berührten, und richtete den Körper steif auf.

»Ich bin es, Don Pedro«, sagte Damiana. »Soll ich Ihnen das Frühstück nicht herbringen?«

Pedro Páramo antwortete:

»Ich komme. Ich komme schon.«

Er stützte sich auf Damiana Cisneros Arme und machte einen Versuch zu gehen. Nach ein paar Schritten fiel er zu Boden. Er betete in seinem Innern, aber er sagte kein einziges Wort. Er schlug hart auf die Erde auf und fiel auseinander wie ein Haufen Steine.

Nachbemerkung
von Juan Rulfo

Pedro Páramo –
dreißig Jahre danach

Meine Freunde von der Agentur Efe erinnerten mich daran, daß Pedro Páramo in diesem März seinen dreißigsten Geburtstag feiert. *Pedro Páramo* und *Der Llano in Flammen* haben die Welt durchwandert. Das ist nicht nur mir, sondern den Lesern zu verdanken, mit denen ich heute ein paar meiner Erfahrungen teilen möchte. Nie hatte ich mir gedacht, daß diesen Büchern ein solches Schicksal beschert sein würde. Ich habe sie geschrieben, damit Freunde sie läsen, oder, mehr noch, aus Not.
1933, als ich nach Mexiko-Stadt kam, war ich noch keine fünfzehn Jahre alt. Für das Hochschulvorbereitungsjahr wurden meine Studien aus Guadalajara nicht anerkannt, und ich konnte nur als Gasthörer teilnehmen. Ich lebte unter der Obhut meines Onkels, Oberst Pérez Rulfo, in Molino del Rey, dem Schauplatz einer Schlacht zur Zeit der nordamerikanischen Invasion von 1847, wo heute die Kaserne der Präsidentengarde steht, gleich neben der Residenz von Los Pinos. Damals war der ganze Chapultepec-Wald mein Garten. In ihm konnte ich alleine spazierengehen und lesen.
Ich kannte niemanden. Ich lebte mit der Einsamkeit zusammen, sprach mit ihr und verbrachte die Nächte mit meiner drängenden Unruhe und meinem Gewissen. Dann fand ich eine Stellung in der Einwanderungsbehörde und machte mich daran, einen Roman zu schreiben, um mich von jenen Gefühlen zu befreien. Von *Der Sohn der Mutlosigkeit* blieb nur ein Kapitel erhalten, das sehr viel später unter dem Titel *Ein Stück Nacht* erschienen ist.
Ich hatte das Glück, daß bei der Einwanderungsbehörde auch der Lyriker und Erzähler Efrén Hernández arbeitete, der die Zeitschrift »América« herausgab. Efrén erfuhr, wer weiß wie, daß ich heimlich schrieb, und machte mir Mut, ihm meine Seiten zu zeigen. Ihm habe ich meine erste Veröffentlichung zu verdanken: *Das Leben ist nicht sehr ernst bei der Sache.*
Ich bin kein Schriftsteller der Stadt. Ich wollte andere Geschichten schreiben, die ich mir, ausgehend von dem, was ich in meinem

Dorf und bei meinem Leuten gesehen und gehört hatte, ausdachte. Ich schrieb *Man hat uns Land gegeben** und *Macario**. Juan José Arreola und Antonio Latorre veröffentlichten diese Erzählungen 1945 in der Zeitschrift »Pan« in Guadalajara.

Nach dem Krieg trat ich als Reisevertreter bei Goodrich-Euskadi ein. Ich lernte die ganze Republik kennen, brauchte jedoch drei Jahre, um der Zeitschrift »América« einen neuen Beitrag zu liefern, *Die Halde der Gevatterinnen**. Efrén Hernández schaffte es 1950 auch, mir *Talpa** und *Der Llano in Flammen** abzuluchsen.

Im darauffolgenden Jahr initiierten Arnaldo Órfila Reynal, Joaquín Díez Canedo und Alí Chumacero beim Fondo de Cultura Económica die Reihe »Letras mexicanas«. Sie baten mich um meine Erzählungen, und der Band kam dann unter dem Titel *El Llano en llamas* 1953 auf den Markt. Das Zentrum mexikanischer Schriftsteller hatte sich gerade konstituiert, angeregt von dem zweiten Jahrgang der Stipendiaten des Kulturfonds, von Arreola, Chumacero, Ricardo Garibay, Miguel Guardia und Luisa Josefina Hernández. Jeden Mittwochabend trafen wir uns in einem Haus in der Avenida Yucatán, um unsere Texte vorzutragen und zu besprechen. Die Versammlungen wurden geleitet von Margaret Shedd, der Verantwortlichen für das Zentrum, und dem Koordinator Ramón Xirau.

Im Mai 1954 kaufte ich mir ein Schulheft und begann das erste Kapitel eines Romans zu notieren, der viele Jahre lang in meinem Kopf herangereift war. Ich spürte, ich hatte endlich den so lange gesuchten Erzählton und die Atmosphäre für das Buch gefunden, über das ich so oft gegrübelt hatte. Bis heute weiß ich nicht, woher die Intuitionen kamen, denen ich Pedro Páramo verdanke. Es war, als ob mir der Roman diktiert würde. Plötzlich, mitten auf der Straße, überkam mich ein Gedanke, und ich schrieb ihn sofort auf ein grünes oder blaues Zettelchen.

Wenn ich von meiner Arbeit in der Werbeabteilung von Goodrich heimkam, übertrug ich diese Notizen in das Heft. Ich schrieb mit

---

* Erschienen in *Der Llano in Flammen*.

der Hand, mit einer breiten Sheaffers-Feder und grüner Tinte. Ich hörte jedesmal mitten im Absatz auf, so daß mir ein Nachgeschmack blieb und ich den Faden des Gedankens am nächsten Tag wiederaufnehmen konnte. In vier Monaten, von April bis August 1954, brachte ich dreihundert Seiten zusammen. Sowie ich das Original abgetippt hatte, vernichtete ich die handgeschriebenen Seiten.

Ich schrieb noch drei Fassungen, eine Arbeit, bei der ich die ursprünglichen dreihundert Seiten auf die Hälfte reduzierte. Ich habe jede Abschweifung und jeden Autorkommentar gestrichen. Arnaldo Órfila drängte mich, ihm das Buch zu geben. Ich war verwirrt und unentschlossen. Bei den Treffen im Schriftstellerzentrum ermunterten mich Arreola, Chumacero, Shedd und Xirau: Du bist auf dem richtigen Weg, sagten sie. Miguel Guardia konnte in dem Manuskript nur einen Haufen unzusammenhängender Szenen entdecken. Ricardo Garibay, vehement wie immer, schlug mit der Faust auf den Tisch, um zu bekräftigen, daß mein Buch ein Dreck war.

Das meinten auch ein paar junge Autoren, die wir zu unseren Sitzungen eingeladen hatten. Otto Raúl González, ein Dichter aus Guatemala, empfahl mir beispielsweise, erst einmal Romane zu lesen, bevor ich mich daransetzte, selbst einen zu schreiben. Romane lesen: das hatte ich mein ganzes Leben getan. Andere wieder fanden das Manuskript sehr faulknerianisch, doch zu jener Zeit hatte ich Faulkner noch nicht gelesen.

Ich habe meinen Kritikern nichts vorzuwerfen. Es war für sie nicht leicht, einen Roman zu akzeptieren, der sich realistisch gibt als Geschichte eines Großgrundbesitzers, tatsächlich aber von einem ganzen Dorf erzählt: von einem toten Dorf, in dem alle gestorben sind, sogar der Erzähler; über seine Wege und Felder streifen nur die toten Seelen und die Echos, die ungehindert durch Zeit und Raum schweifen.

Das Manuskript hieß erst: »Das Gemurmel«, dann »Ein Stern in der Nähe des Mondes«. Schließlich, im September 1954, lieferte ich es mit dem Titel *Pedro Páramo* beim Fondo de Cultura Económica ab. Es erschien im März 1955 in einer Auflage von 2000

Exemplaren. Archibaldo Burns schrieb die erste Rezension, einen Verriß, der in der Beilage »México en la Cultura« veröffentlicht wurde, die damals Fernando Benítez betreute. Die Überschrift lautete: »Pedro Páramo oder die Salbung und das Huhn«, und ich habe nie kapiert, was zum Teufel das bedeuten sollte. In der Zeitschrift der Universität erläuterte Alí Chumacero persönlich, daß *Pedro Páramo* ein Mittelpunkt fehle, auf den alle Szenen zusammenliefen. Ich hielt das für ungerecht, denn zuallererst hatte ich an der Struktur gearbeitet. Ich sagte zu meinem lieben Freund Alí: »Du bist verantwortlich für das Programm des Kulturfonds, und ausgerechnet du schreibst jetzt, daß das Buch nicht gut ist.« Alí gab mir folgende Antwort: »Mach dir nichts daraus, dein Buch wird sich so oder so schlecht verkaufen.«

So war es. Es dauerte gut vier Jahre, bis tausend Stück verkauft waren. Der Rest ging als Geschenk weg, jeder, der mich um ein Buch bat, bekam eines.

Die folgenden Jahre verbrachte ich in Vera Cruz bei der Kommission von Papaloapan. Als ich zurückkehrte, erwarteten mich Aufsätze wie die von Carlos Blanco Aquinaga, Carlos Fuentes und Octavio Paz. Ich erfuhr, daß Mariana Frenk an einer Übersetzung ins Deutsche arbeitete, Lysander Kemp *Pedro Páramo* ins Englische, Roger Lescot ins Französische und Jean Lechner ins Holländische übertrugen.

Als ich den Roman in meiner Wohnung in der Nazas 84 schrieb, in einem Gebäude, in dem auch der Maler Coronel und die Lyrikerin Eunice Odio wohnten, bin ich nie auf den Gedanken gekommen, daß dreißig Jahre später das Produkt meiner Obsessionen sogar auf türkisch, griechisch, chinesisch und ukrainisch gelesen werden würde. Es ist nicht mein Verdienst. Als ich an *Pedro Páramo* arbeitete, wollte ich mich nur von einer großen Angst freischreiben. Um zu schreiben, muß man wirklich leiden.

Im Kern ist die Figur Pedro Páramo aus einem Bild hervorgegangen und war die Suche nach einem Ideal, dem ich den Namen Susana San Juan gab. Susana San Juan hat nie existiert: ich habe sie erfunden und habe dabei an ein kleines Mädchen gedacht, das ich flüchtig gekannt habe, als ich drei Jahre alt war.

Sie hat es nie erfahren, und wir sind uns in all den Jahren, die ich bis heute gelebt habe, nicht wieder begegnet.

Juan Rulfo

Aus dem Spanischen von Dagmar Ploetz

(Juan Rulfo schrieb diesen Aufsatz im März 1985 für die Agentur Efe zum 30. Jahrestag des Erscheinens von *Pedro Páramo*.)

Nachwort
von Gabriel García Márquez

Kurze Erinnerung an
Juan Rulfo

Die Entdeckung Juan Rulfos – wie die von Franz Kafka – wird in meinen Erinnerungen zweifellos ein wesentliches Kapitel einnehmen. Ich war an dem Tag, als sich Ernest Hemingway erschoß, am 2. Juli 1961, in Mexiko angekommen und hatte weder Juan Rulfos Bücher gelesen noch je etwas von ihm gehört. Das war ungewöhnlich. Zunächst, weil mir damals die aktuelle Literatur völlig geläufig war, insbesondere die Romane der beiden Amerika. Dann, weil die ersten Schriftsteller, mit denen ich in Mexiko Kontakt aufnahm, jene waren, die mit Manuel Barbachano Ponce in seinem Dracula-Schloß in den Straßen von Córdoba zusammenarbeiteten, und mit den Redakteuren der Literaturbeilage von »Novedades«, die Fernando Benitez leitete. Sie alle kannten Juan Rulfo natürlich gut. Trotzdem verstrichen mindestens sechs Monate, bevor ihn jemand erwähnte. Vielleicht, weil Juan Rulfo im Gegensatz zu den großen Klassikern ein Schriftsteller ist, der viel gelesen, über den aber wenig gesprochen wird.

Ich wohnte in einem Appartement der Calle Renán ohne Aufzug, in der Anzures-Kolonie, mit meiner Frau Mercedes und Rodrigo, der damals noch keine zwei Jahre alt war. Wir besaßen eine Doppelmatratze auf dem Fußboden des großen Schlafzimmers, eine Wiege im anderen Zimmer, eine Eß- und Schreibtisch im Wohnraum mit ganzen zwei Stühlen, die für alles mögliche dienten. Wir hatten beschlossen, in dieser Stadt zu bleiben, die noch ein menschliches Maß bewahrte mit ihrer durchsichtigen Luft und den fieberschönen Blumen in den Alleen, doch schienen die Immigrationsbehörden unser Glück nicht zu teilen. Das halbe Leben ließen sie uns endlos Schlange stehen, manchmal im Regen in den Büßerhöfen des Innenministeriums. In den verbleibenden Stunden schrieb ich Anmerkungen zur kolumbianischen Literatur, die ich auch in dem damals von Max Aub geleiteten Universitätssender sprach [...].

Ich war zweiunddreißig Jahre alt, hatte in Kolumbien eine flüchtige Journalistenkarriere, dann drei sehr nutzbringende harte

Jahre in Paris und acht Monate in New York hinter mich gebracht und wollte nun in Mexiko Drehbücher schreiben. Die Welt der mexikanischen Schriftsteller glich zu jener Zeit der kolumbianischen, und ich fühlte mich sehr wohl in ihr. Sechs Jahre vorher hatte ich meinen ersten Roman, *Laubsturm*, veröffentlicht, und drei weitere Bücer sollten hinzukommen: *Der Oberst hat niemand, der ihm schreibt*, das damals gerade in Kolumbien erschien; *Die böse Stunde*, das auf Betreiben von Vicente Rojo kurz darauf bei der Editorial Era erschien, und den Erzählungsband *Das Leichenbegängnis der Großen Mama*. Von letzterem besaß ich nur noch das unvollständige Manuskript, denn Álvaro Mutis hatte noch vor meiner Ankunft in Mexiko die Originalseiten unserer angebeteten Elena Poniatowska geliehen, und sie hatte sie verloren. Später gelang es mir, alle Erzählungen zu rekonstruieren, und Sergio Galindo veröffentlichte sie auf Betreiben von Álvaro Mutis in der Universität Vera Cruz.

Somit war ich bereits ein Schriftsteller von einigen »geheimen« Büchern. Doch war nicht das mein Problem, denn weder damals noch sonst schrieb ich, um berühmt zu werden, sondern damit meine Freunde mich mehr liebten, und das glaubte ich erreicht zu haben. Mein großes Problem als Romanschreiber war, daß ich nach diesen Büchern in einer Sackgasse zu stecken schien und auf allen Seiten nach einem Ausweg suchte. Ich kannte gute wie schlechte Autoren, die mir den Weg hätten weisen können; trotzdem kam es mir so vor, als drehte ich mich in konzentrischen Kreisen. Ich hielt mich für leer geschrieben. Zwar spürte ich, daß ich noch viele Bücher vor mir hatte, aber mir fiel keine überzeugende poetische Möglichkeit ein, um sie zu schreiben. So standen die Dinge, als Álvaro Mutis mit einem Bücherpaket die sieben Stockwerke zu meiner Wohnung heraufgerannt kam, den dünnsten kleinen Band herauszog und, halbtot vor Lachen, sagte:

»Lies diesen Mist, zum Teufel, damit du was lernst!«

Es war *Pedro Páramo*.

Ich konnte in jener Nacht nicht einschlafen, bevor ich das Buch nicht zum zweitenmal gelesen hatte. Nie mehr seit der verrückten Nacht, in der ich Kafkas *Verwandlung* in einer düstern Studentenpension in Bogotá gelesen hatte – nahezu zehn Jahre vorher –, war ich so bewegt gewesen. Am nächsten Tag las ich *Llano in Flammen*, und die Erschütterung hielt an. Viel später stieß ich im Wartezimmer einer Praxis in einer medizinischen Zeitschrift auf ein weiteres verirrtes Meisterwerk: *Das Erbe der Matilde Arcángel*.* Bis zum Jahresende konnte ich keinen anderen Autor lesen, weil mir alle schwächer vorkamen.

Die Verzauberung war noch nicht von mir gewichen, als jemand zu Carlos Velo sagte, ich sei in der Lage, ganze Abschnitte aus *Pedro Páramo* auswendig aufzusagen. In Wahrheit konnte ich mehr: ich konnte das ganze Buch ohne nennenswerte Fehler vorwärts und rückwärts auswendig, und ich konnte sagen, auf welcher Seite meiner Ausgabe welche Episode stand; außerdem gab es keinen Charakterzug irgendeiner Person, der mir nicht vollkommen geläufig war.

Carlos Velo bestellte bei mir die Filmfassung einer anderen Erzählung von Juan Rulfo, der einzigen, die ich damals nicht kannte: *Der goldene Hahn*.** Es handelte sich um sechzehn mit drei verschiedenen Schreibmaschinen eng beschriebene Seiten aus Seidenpapier, die kurz davor waren, sich in Staub aufzulösen. Auch wenn man mir nicht gesagt hätte, von wem sie stammten, ich hätte es sofort gewußt. Die Sprache war nicht so differenziert wie die im übrigen Werk von Juan Rulfo und wies wenige seiner technischen Hilfsmittel auf, doch sein persönlicher Schutzengel schwebte über dem gesamten Umfeld des Textes. Später forderten Carlos Velo und Carlos Fuentes mich auf, die erste Filmbearbeitung von *Pedro Páramo* kritisch zu revidieren.

Ich erwähnte diese beiden Arbeiten – deren Endergebnis alles andere als gut war –, weil sie mich zwangen, mich noch mehr in ein Werk zu vertiefen, das ich fraglos bereits genauer kannte als sein Autor. Den ich übrigens erst Jahre später persönlich kennenlernte. Carlos Velo hatte etwas Überraschendes vollbracht: er hatte die manchmal fragmentarischen Stellen aus dem Drehbuch zu *Pedro Páramo* herausgeschnitten und das Drama wieder in seine strenge

* Erschienen in *Der Llano in Flammen*.
** München/Wien 1984

chronologische Ordnung zurückversetzt. Als Arbeitsvorlage schien mir das zulässig, wenngleich das Ergebnis ein völlig anderes Buch war: flach und unzusammenhängend. Aber für das Verständnis von Juan Rulfos geheimer Tischlerarbeit erwies es sich als nützlich und offenbarte mir sein ungewöhnliches Können.

Die Filmfassung von *Pedro Páramo* gab zwei wesentliche Probleme auf. Das erste war das Problem der Namen. So subjektiv einem das vorkommen mag: jeder Name gleicht auf irgendeine Weise seinem Träger, und das ist in der Fiktion viel auffallender als im wirklichen Leben. Juan Rulfo hat gesagt, oder ihm ist in den Mund gelegt worden, er fände die Namen seiner Personen auf Grabsteinen auf den Friedhöfen von Jalisco. Das einzige, was sich zuverlässig sagen läßt, ist, daß es keine eigenwilligeren Eigennamen gibt als die seiner Romanfiguren. Mir schien und scheint es unmöglich, daß sich ein Schauspieler je mit dem Namen seiner Bühnenfigur ganz und gar identifizieren könnte.

Das andere – vom vorigen untrennbare – Problem war das der Lebensalter. In seinem gesamten Werk ist Juan Rulfo mit der Lebenszeit seiner Geschöpfe bewußt sehr sorglos umgegangen. Narcios Costa Ros hat vor kurzem den fesselnden Versuch gewagt, in *Pedro Páramo* das jeweilige Alter der Figuren festzustellen. Ich hatte aus einer rein poetischen Intuition heraus stets angenommen, daß Susana San Juan zu dem Zeitpunkt, als es Pedro Páramo endlich gelingt, sie in sein weites Reich des Halbmondes zu entführen, bereits eine Frau von zweiundsechzig Jahren ist. Pedro Páramo muß etwa fünf Jahre älter sein als sie. Tatsächlich schien mir das Drama größer, schrecklicher und schöner, wenn er sich aus unerfüllter Altersleidenschaft in den Abgrund stürzt. Die von Costa Ros ermittelten Lebensalter der beiden sind nicht sehr weit von denen entfernt, die ich angenommen hatte. Doch eine vergleichbare poetische Aura des Alters war im Film undenkbar. Im dunklen Kinosaal läßt sich niemand von den Liebesleidenschaften der Alten hinreißen.

Die Krux solch aufschlußreicher Untersuchungen ist, daß die Beweggründe der Poesie nicht immer die der Vernunft sind. Die Monate, während deren sich gewisse Ereignisse abspielen, sind wesentlich für die Analyse des Werkes von Juan Rulfo, aber ich bezweifle, daß er selbst sich dessen bewußt war. Bei der poetischen Arbeit – und *Pedro Páramo* ist im höchsten Maße poetisch – berufen sich die Autoren, auf unterschiedliche Weise zur chronologischen Strenge verpflichtet, auf bestimmte Monate. Mehr noch: in vielen Fällen werden der Monat, Tag und sogar das Jahr gewechselt, nur um einen bequemen Reim zu umgehen oder eine Kakophonie, ohne zu bedenken, daß diese Veränderungen einen Kritiker zu einer entscheidenden Schlußfolgerung verleiten könnten. Solche Sprünge gibt es nicht nur bei den Tagen und Monaten, sondern beispielsweise auch bei den Blumen. Es gibt Schriftsteller, die sich ihrer nur wegen ihres guten Rufs bedienen, ohne sich klarzumachen, ob sie dem Ort oder der Jahreszeit entsprechen. Man findet daher nicht selten gute Bücher, in denen Geranien am Strand und Tulpen im Schnee blühen. In *Pedro Páramo*, in dem die Grenzlinie zwischen Toten und Lebenden unmöglich genau zu ziehen ist, sind die Angaben noch vager. Niemand weiß, wie lange die Jahre des Sterbens in Wirklichkeit dauern.

Ich will letzten Endes mit alldem nur ausdrücken, daß die gründliche Erforschung von Juan Rulfos Werk mir schließlich den Weg gewiesen hat, den ich suchte, um meine Bücher weiterzuschreiben, und daß es mir aus diesem Grund nicht möglich war, über ihn zu schreiben, ohne daß es so aussieht, als schriebe ich nur über mich.

Ich möchte noch hinzufügen, daß ich ihn ganz wiedergelesen habe, um diese kurzen Erinnerungen zu schreiben, und daß ich wieder das unschuldige Opfer meiner ersten Erschütterung geworden bin. Es sind kaum dreihundert Seiten, und ich glaube, daß sie überdauern werden wie die, welche wir von Sophokles kennen.

Gabriel García Márquez

Aus dem Spanischen von Curt Meyer-Clason

Lateinamerikanische Literatur
im Suhrkamp und im Insel Verlag
Eine Auswahl

Isabel Allende
- Aphrodite – eine Feier der Sinne. Übersetzt von Lieselotte Kolanoske. Illustrationen von Robert Shekter. Rezepte von Panchita Llona. Gebunden und st 3046. 328 Seiten
- Eva Luna. Roman. Übersetzt von Lieselotte Kolanoske. Gebunden und st 1897. 393 Seiten
- Fortunas Tochter. Roman. Übersetzt von Lieselotte Kolanoske. 480 Seiten. Gebunden. st 3236. 486 Seiten
- Das Geisterhaus. Roman. Übersetzt von Anneliese Botond. 444 Seiten. Gebunden. st 1676. 500 Seiten. it 2341. 740 Seiten
- Paula. Übersetzt von Lieselotte Kolanoske. Gebunden und st 2840. 488 Seiten
- Porträt in Sepia. Übersetzt von Lieselotte Kolanoske. Gebunden und st 3487. 512 Seiten
- Im Reich des Goldenen Drachen. Übersetzt von Svenja Becker. 325 Seiten. Leinen
- Die Stadt der wilden Götter. Übersetzt von Svenja Becker. 328 Seiten. Leinen
- Der unendliche Plan. Roman. Übersetzt von Lieselotte Kolanoske. st 2302. 460 Seiten
- Von Liebe und Schatten. Roman. Übersetzt von Dagmar Ploetz. st 1735. 424 Seiten

Mário de Andrade. Macunaíma. Der Held ohne jeden Charakter. Übersetzt und mit einem Nachwort und Glossar versehen von Curt Meyer-Clason. st 3198. 180 Seiten

José María Arguedas. Diamanten und Feuersteine. Übersetzt von Elke Wehr. BS 1354. 128 Seiten

Miguel Barnet
- Alle träumten von Cuba. Die Lebensgeschichte eines galicischen Auswanderers. Übersetzt von Anneliese Botond. st 3246. 224 Seiten
- Der Cimarrón. Die Lebensgeschichte eines entflohenen Negersklaven aus Cuba, von ihm selbst erzählt. Herausgegeben von Miguel Barnet. Übersetzt von Hildegard Baumgart. Mit einem Nachwort von Heinz Rudolf Sonntag und Alfredo Chacón. st 3040. 245 Seiten

Adolfo Bioy Casares
- Ein schwankender Champion. Übersetzt von Peter Schwaar. BS 1258. 80 Seiten
- Morels Erfindung. Neu übersetzt von Gisbert Haefs. Mit einem Nachwort von René Strien. 144 Seiten. Gebunden

Carmen Boullosa
- Der fremde Tod. Roman. Übersetzt von Susanne Lange. es 2080. 126 Seiten
- Sie sind Kühe, wir sind Schweine. Roman. Übersetzt von Erna Pfeiffer. st 3074. 195 Seiten
- Die Wundertäterin. Roman. Übersetzt von Susanne Lange. es 1974. 133 Seiten

Alfredo Bryce Echenique
- Ein Frosch in der Wüste. Übersetzt von Elke Wehr. BS 1361. 120 Seiten
- Küss mich, du Idiot. Roman. Übersetzt von Matthias Strobel. 325 Seiten. Gebunden. st 3511. 336 Seiten
- Eine Welt für Julius. Übersetzt von Matthias Strobel. 528 Seiten. Gebunden

Lydia Cabrera. Die Geburt des Mondes. Schwarze Geschichten aus Kuba. Mit einem Nachwort von Guillermo Cabrera Infante. Übersetzt von Susanne Lange. 208 Seiten. Gebunden

Guillermo Cabrera Infante
- Drei traurige Tiger. Roman. Übersetzt von Wilfried Böhringer. st 2436. 542 Seiten
- Nichts als Kino. Übersetzt von Christiane Hammerschmidt und Gerhard Poppenberg. 448 Seiten. Gebunden

Alejo Carpentier
- Explosion in der Kathedrale. Roman. Übersetzt von Hermann Stiehl. st 2945. 450 Seiten
- Farben eines Kontinents. Übersetzt von Anneliese Botond und Ulrich Kunzmann. Mit Abbildungen. st 3451. 174 Seiten
- Le Sacre du printemps. Roman. Übersetzt von Anneliese Botond. st 2480. 682 Seiten
- Die verlorenen Spuren. Roman. Übersetzt von Anneliese Botond. st 808. 354 Seiten

Jorge G. Castañeda. Che Guevara. Biographie. Übersetzt von Christiane Barckhausen, Sven Dörper, Ursula Gräfe, Udo Rennert. Mit Abbildungen. st 2911. 640 Seiten

Julio Cortázar
- Rayuela. Himmel und Hölle. Roman. Übersetzt von Fritz Rudolf Fries. st 1462. 636 Seiten
- Die Erzählungen. Mit einem Vorwort von Mario Vargas Llosa. Übersetzt von Fritz Rudolf Fries, Wolfgang Promies und Rudolf Wittkopf. Vier Bände in Kassette.
st 2916 - st 2919. 1302 Seiten
Band 1: Die Nacht auf dem Rücken. Mit einem Vorwort von Mario Vargas Llosa. st 2916. 291 Seiten
Band 2: Südliche Autobahn. st 2917. 350 Seiten
Band 3: Beleuchtungswechsel. st 2918. 280 Seiten
Band 4: Ende der Etappe. st 2919. 330 Seiten

Euclides da Cunha. Krieg im Sertão. Übersetzt von Berthold Zilly. 783 Seiten. Gebunden. st 3093. 790 Seiten

Laura Esquivel. Bittersüße Schokolade. Mexikanischer Roman um Liebe, Kochrezepte und bewährte Hausmittel in monatlichen Fortsetzungen. Übersetzt von Petra Strien. st 2391. 278 Seiten

Milton Hatoum
- Brief aus Manaus. Übersetzt von Karin von Schweder-Schreiner. st 3430. 192 Seiten
- Zwei Brüder. Übersetzt von Karin von Schweder-Schreiner. 252 Seiten. Gebunden

Alejandro Jodorowsky. Wo ein Vogel am schönsten singt. Roman. Übersetzt von Peter Schwaar. st 2842. 464 Seiten

José Lezama Lima. Paradiso. Roman. Übersetzt von Curt Meyer-Clason unter Mitwirkung von Anneliese Botond. st 2708. 648 Seiten

Clarice Lispector
- Der Apfel im Dunkeln. Roman. Übersetzt von Curt Meyer-Clason. st 2833. 345 Seiten
- Wo warst du in der Nacht. Erzählungen. Übersetzt von Sarita Brandt. BS 1234. 118 Seiten

Tomás Eloy Martínez
- Der Flug der Königin. Übersetzt von Peter Schwaar. 250 Seiten. Gebunden
- Der General findet keine Ruhe. Roman. Übersetzt von Peter Schwaar. 480 Seiten. Gebunden
- Santa Evita. Roman. Übersetzt von Peter Schwaar. Gebunden und st 2849. 432 Seiten

Angeles Mastretta
- Emilia. Roman. Übersetzt von Petra Strien. Gebunden und st 3062. 413 Seiten
- Mexikanischer Tango. Übersetzt von Monika López. Gebunden und st 1787. 327 Seiten

Pablo Neruda. Gedichte. Spanisch und deutsch. Übersetzt und mit einem Nachwort von Erich Arendt. Zweisprachige Ausgabe. BS 99. 261 Seiten

Iván de la Nuez. Das treibende Floß. Kubanische Kulturpassagen. Übersetzt von Hans-Joachim Hartstein. es 2218. 176 Seiten

Silvina Ocampo. Die Furie und andere Geschichten. Übersetzt von René Strien. BS 1051. 160 Seiten

Juan Carlos Onetti
- Das kurze Leben. Roman. Übersetzt von Curt Meyer-Clason. Gebunden und st 3017. 380 Seiten
- Leichensammler. Roman. Übersetzt und mit einem Nachwort von Anneliese Botond. st 3200. 288 Seiten
- Wenn es nicht mehr wichtig ist. Roman. Übersetzt von Rudolf Wittkopf. BS 1299. 188 Seiten
- Willkommen, Bob. Gesammelte Erzählungen. Übersetzt von Jürgen Dormagen, Wilhelm Muster, Gerhard Poppenberg. 458 Seiten. Gebunden

Elsa Osorio. Mein Name ist Luz. Roman. Übersetzt von Christiane Barckhausen-Canale. 432 Seiten. Gebunden

Octavio Paz
- Das fünfarmige Delta. Gedichte. Spanisch und deutsch. Übertragen von Fritz Vogelsang und Rudolf Wittkopf. 222 Seiten. Leinen

- Das Labyrinth der Einsamkeit. Essay. Übersetzt und mit einer Einführung von Carl Heupel. st 2972 und BS 404. 220 Seiten
- Das Vorrecht des Auges. Über Kunst und Künstler. Übersetzt von Susanne Lange, Michael Nungesser, Rudolf Wittkopf. Nachwort von Wieland Schmied. 250 Seiten. Gebunden

Manuel Puig. Der Kuß der Spinnenfrau. Übersetzt von Anneliese Botond. st 869 und BS 1108. 300 Seiten

João Ubaldo Ribeiro. Brasilien, Brasilien. Roman. Übersetzt von Curt Meyer-Clason und Jacob Deutsch. st 1835. 731 Seiten

Augusto Roa Bastos
- Gegenlauf. Roman. Übersetzt von Elke Wehr. 233 Seiten. Gebunden
- Ich der Allmächtige. Roman. Übersetzt von Elke Wehr. 540 Seiten. Gebunden
- Die Nacht des Admirals. Roman. Übersetzt von Ulrich Kunzmann. BS 1314 und gebunden. 332 Seiten

Alejandro Rossi. Die Flüsse der Vergangenheit. Sechs Geschichten aus dem Hinterland. Übersetzt von Gisbert Haefs. 120 Seiten. Gebunden

Juan Rulfo
- Der Llano in Flammen. Übersetzt von Mariana Frenk. BS 504. 160 Seiten
- Pedro Páramo. Roman. Autorisierte Übersetzung von Mariana Frenk. BS 434. 134 Seiten
- Wind in den Bergen. Liebesbriefe an Clara. Übersetzt und mit einem Nachwort von Susanne Lange. Mit Fotografien. 324 Seiten. Gebunden

Mario Vargas Llosa
- Die Anführer. Erzählungen. Übersetzt von Elke Wehr. Gebunden und st 2448. 126 Seiten
- Das Fest des Ziegenbocks. Übersetzt von Elke Wehr. Gebunden und st 3427. 544 Seiten
- Die geheimen Aufzeichnungen des Don Rigoberto. Roman. Übersetzt von Elke Wehr. st 3005. 480 Seiten
- Der Geschichtenerzähler. Roman. Übersetzt von Elke Wehr. Gebunden und st 1982. 288 Seiten
- Das grüne Haus. Roman. Übersetzt von Wolfgang A. Luchting. st 342. 429 Seiten
- Ein trauriger, rabiater Mann. Über George Grosz. Übersetzt von Elke Wehr. 80 Seiten. Leinen
- Lob der Stiefmutter. Roman. Übersetzt von Elke Wehr. st 2200 und BS 1086. 196 Seiten
- Die Sprache der Leidenschaft. Übersetzt von Clementine Kügler und Ulrich Kunzmann. 320 Seiten. Kartoniert
- Tante Julia und der Kunstschreiber. Roman. Übersetzt von Heidrun Adler. st 1520. 392 Seiten
- Tod in den Anden. Roman. Übersetzt von Elke Wehr. Gebunden und st 2774. 384 Seiten

Cubanísimo! Junge Erzähler aus Kuba. Herausgegeben von Michi Strausfeld. 336 Seiten. Kartoniert

Tango. Verweigerung und Trauer. Auswahl und Übersetzung von Dieter Reichardt. st 1087. 450 Seiten